菓子屋横丁月光荘

丸窓

ほしおさなえ

角川春樹事務所

目次

主な登場人物紹介

遠野守人
埼玉県川越市から池袋のY大学に通う大学院生。古民家「月光荘」の住みこみ管理人。父母を亡くし、母方にあたる所沢・風間家から、父方の木更津・遠野家に引き取られて育つ。幼いときから家の声が聞こえる。

木谷先生
日本近代文学と地形の研究をしている、守人の指導教授。友人・島田の所有する古民家「月光荘」の管理人に、守人を推薦した。

べんてんちゃん
木谷ゼミの学生、本名・松村果歩。川越生まれの川越育ち、実家は地元の松村菓子店。母・桃子、保育士の姉・果奈とともに地域活動を行う。

田辺悟史
守人とは木谷ゼミの同期。やはり同期の石野、沢口とともに、大学卒業後も交流がある。川越の隣り、川島町に住む母方の祖母・喜代は、守人と同様、家の声が聞こえる。

羅針盤
かつて写真館だった喫茶店。店主の安藤万年は、むかし月光荘に住んでいた少女に羅針盤を贈られたことから、店名の由来とした。

豆の家
珈琲豆の専門店。佐久間晃平がもと和菓子店を相続し、勤めていた会社を辞め、改修。デザイナーをしている恋人・藤村手鞠と立ちあげた。

浮草
守人も通う古書店。長年店主をしていた水上は余命宣告を受け、バイトをしていた安西明里、豊島つぐみのふたりに店を譲り、他界した。

菓子屋横丁月光荘

丸窓

第一話

白い夢

1

五月の連休がはじまり、「庭の宿・新井」もオープンした。

蓮馨寺の裏手の老舗料亭「新井」。後継者がいなくて十五年前に廃業したこの料亭を、前の経営者の孫娘・美里さんが宿としてリニューアルした。もともと個室ばかりの造りだったが、宿として利用できるよう部屋の構造を変え、耐震のための補強もおこなった。一日五組限定、一部屋ずつがゆったりした造りの贅沢な宿だ。食事は朝食のみ。地元で採れた野菜中心の手をかけた料理を提供する。夕食は川越の町に出て自由にとることもできるし、宿と提携した料亭やレストランを予約することもできる。

高澤橋近くの古書店「浮草」がこの宿のリーフレット作りを依頼され、前からつきあいのあった僕も協力した。川越生まれの川越育ちで僕と同じゼミに所属するべんてんちゃんとともに川越の喫茶店を取材したりするうちに、どういうわけか川越の町の印象を綴ったエッセイまがいの文章まで掲載されることになってしまった。

リーフレットができあがるまでは納品を間に合わせようと必死だったが、こうして実際に宿がオープンし、宿泊客があの駄文の載ったリーフレットを手に取る、と考えるとあまりに恥ずかしくて頭を抱えた。

それでも様子が気になって新井の前まで行く。リーフレットのこともあるので、声をかけるのはためらわれ、道のななめ向かいからそっとながめていると、お客さんがはいっていくのが見えた。なかから美里さんが出てきてにこやかにあいさつしている。

いい雰囲気だ。大丈夫。新井の建物もそれぞれの部屋もすばらしいし、美里さんの作る朝食もおいしい。リーフレットの端に載っている文章など些細なものだし、あれで宿の評価が損なわれることはないはずだ。そう思って宿の前を離れた。

裏道を通り、一番街の方に歩きつつ、「庭のたより」と題された新井のリーフレット作りのことを思い出していた。僕の文章の出来や、リーフレットに掲載されたのがよかったかは別として、あの文を書いたことで思わぬ収穫はあった。

夏目漱石の随筆集『硝子戸の中』のことを思い出したのだ。僕は大学院で日本文学を学んでいて、今年度は修士二年。修士論文を書かなければならない。なのにまだなにを題材にするか決めきれずにいた。

それでずっと悩んでいたが、あの文章を書いたことで『硝子戸の中』を思い出し、これを修論の中心に置くのはどうか、と考えた。

『硝子戸の中』が書かれたのは『こころ』と『道草』のあいだであり、『こころ』と『道草』をつなぐ重要な随筆として扱われている。

また、後半には幼少時の回想も多く、そのなかには土地の描写も数多く含まれている。漱石の生家や夏目坂（なつめざか）の話も出てくるし、東京のあちこちが登場し、当時の様子が伝わってくる。指導教授の木谷（きたに）先生の専門は近代文学と地形の関係で、僕もできれば文学作品と地形について考えたいと思っていたから、もってこいの題材である。

それで、『こころ』と『道草』をからめながら『硝子戸の中』を修論の中心に据えることを思いついた。木谷先生に相談する前にもう一度読み返してみると、卒論を書いていたときには気づかなかったが、死生観に満ちていることがわかる。

死にまつわる話ばかりと言ってもいい。なぜ気に留めなかったのかと疑問に思ったが、そのときは身近に余命わずかな祖父の存在があったからだと気づいた。現実に迫っている死のせいで、死があまりにも身近で、かえって気づかなかったのだ。

漱石の作品は、読む人を慰めたりやさしく労（いたわ）ったりするような性質のものではない。だが、かつてこの文章を書いた人が存在していたということが、灯台の光のように思えた。

「六」から「七」にかけて漱石に自分の悲痛な経歴を告白する女性が出てくる。その内容がどのようなものかはほとんど書かれていないのだが、ともかく女は「自分のこれまで経過して来た悲しい歴史を書いてくれないかと頼」み、「もし先生が小説を御書き(おか)になる場合には、その女の始末をどうなさいますか」「女の死ぬ方が宜(い)いと御思いになりますか、それとも生きているように御書きになりますか」と問う。

その問いに一通り答えたあと夜遅かったこともあり漱石は女を送り、女は「先生に送って頂くのは光栄で御座(ござ)います」と言う。漱石は「本当に光栄と思いますか」と問い、「そんなら死なずに生きていらっしゃい」と言うのである。

それがどのような心持ちによるものなのか、深く説明はされない。そこまでの描かれ方をみるに、女の境遇は僕の置かれた境遇などより数段悲痛なものと思える。だから女の気持ちを理解したり解釈したりすることもできない。

それでもこの部分を読んだとき、「そんなら死なずに生きていらっしゃい」という声が聞こえ、自分に向けられたもののように感じたのだった。

連休の中日(なかび)、大学で木谷先生と会い、まだ漠然としたものではあったが『硝子戸の中』を論文の中心に据える構想を話した。先生はこれまでの案には渋い顔をしていたのに、おもしろそうじゃないか、それならいけるかもしれない、とにこやかに言った。

「そういえば卒論の口頭試問のときも、『硝子戸の中』が好きだって話してたよね」

　木谷先生が言った。

「え、そうでしたか？」

　僕はさっぱり覚えていなかった。卒論を提出したあと一時は達成感で舞いあがったが、すぐに自己嫌悪に襲われ、もう一度自分の卒論に向き合うのが苦痛で、先生たちの顔もまともに見られず、ただ早く終わってくれ、と願いながら口頭試問に臨んでいたのだから。口頭試問が終わる間際に木谷先生が、遠野くんは心の奥に人とつながりたい気持ちを強く持っているんですよ、と言い、なぜそんな話になったのかは忘れてしまったが、その言葉だけが強く印象に残っていた。

「忘れちゃったの？」

　木谷先生が笑う。

「でもね、あのときの遠野くんの言葉、僕はすごく真実だと思ったんだよ。なぜかはわからないけど、うわべだけじゃなくてほんとのことを言ってるな、って。だから、いいと思う。好きな作品だから、ってことじゃないよ。遠野くんにとって大事な問題が潜んでいる匂いがするから、ってとこかな」

　いくつかの論文を勧められ、連休明けまでに構想を進めるよう指導された。まだ具体的な道筋は見えないが、ともかく道が決まったというか、歩きはじめることができそうで、少し心が軽くなった。

「ところで、遠野くんは卒業後、どうするの？」

話が一段落したところで先生が訊いてきた。

「卒業後、というのは、仕事のことですか」

「博士課程に進学、という道もあるけど」

「いえ、進学はしないつもりです。研究は楽しいですが、この一年考えてきて、研究職には向いていない気がしました」

「なるほど、そうか」

そもそも修士課程に進んだのも、祖父の介護で忙しくて就職活動に乗り遅れてしまったところ、修士にきたらどうか、と木谷先生が助け舟を出してくれたからだ。祖父の死後、行き場に困っていた僕を月光荘に住めるようにしてくれたのも木谷先生だ。木谷先生がどう思っているかわからないが、いまの僕にとって、木谷先生は父親のような存在だ。

「じゃあ、就職？」

「いえ、企業への就職は考えてません」

「そうだよね、それはそう思っていた。教員……とか？」

木谷先生は笑った。

「いえ、実は、川越で働きたいと思っているんです。教員や公務員のような立場ではなく、川越の町でなにか仕事をしたい、と」

「へえ」

木谷先生が目を丸くした。

「そうきたか」

「といって、別に具体的な心あたりがあるわけじゃ、ないんです。ただ、この一年川越で暮らして、月光荘でイベントをしたり、町の人の活動を見たりしているうちに、町のために働きたい、というか、町の一員として生きていきたい、という気持ちが強くなってきたんです。抽象的なんですけど」

「それは、たとえばNPO法人みたいなこと？」

「いまはそういう形もあるかもしれませんが、川越の町で生きると考えると、そうじゃない気もします。もっとふつうに商売……いえ、はじめから自分の店が持てるわけじゃないんですけど……」

「豆の家」の佐久間さん、「羅針盤」の安藤さん、新井の美里さん、それに松村菓子店のご夫婦や、浮草の安西さん。川越に越してから出会った人たちの顔が浮かぶ。

「つまり、商人になりたい、ってこと？」

木谷先生が言った。

「向いてないでしょうか」

川越で働くというぼんやりした夢が浮かんだときはこれしかない、と思ったのだが、いきなり暗礁に乗りあげた感じだ。学者は向いていない。だが、商人が向いているとも思えない。なんの技術もないし、元手もない。人づきあいもうまくない。

「いや、そうでもないかもしれないよ」

木谷先生が笑った。

「とくに、川越で働く、というのは悪くないと思った。都内の一般企業で働く遠野くんの姿はさっぱり思い描けないが、川越の町で働いているところはなんとなく思い浮かぶ。いいと思うよ。でも、川越で働くイコール商人ってことでもないだろう」

「それは、そうですね」

「とりあえず一般企業に向けた就活はしない、ってことだね。それなら具体的な道をじっくり考えてみるのがいいんじゃないか。といってももうあと一年しかないわけだから、そんなにのんびりはしていられないけど」

「はい」

「でも、よかった。そういうことなら月光荘の管理人、もうしばらくお願いできそうだね」

「いいんですか？」

「大丈夫だよ。実は島田も、遠野くんが就職して川越を出ることになったら次の人を探さないと、って気にしてたんだ。島田にもそのこと、伝えておくよ」

「ありがとうございます。よろしくお願いします」

それができるならとりあえず住まいの心配はしなくていい。願ってもないことだった。

「そういえば木谷先生、突然なんですが、明後日ご予定ありますか？」

「明後日？」

「田辺や石野、沢口と川島町に行くことになってるんです。べんてんちゃん、安西さん、豊島さんもいっしょです。いまお世話になっている新井の野菜を作っている農家の見学をしてから、田辺の家に行く予定です」

田辺の家というか、田辺の祖父母の家である。

「田辺くんの家っていうのは、川島町の？」

「そうです。田辺のおじいさん、おばあさんの家ですね」

「あの、棟木に遠野くんのご先祖さまの名前があったっていう……？」

「はい」

田辺の祖父母の家の棟木に、僕の曽祖父の名前が墨で書かれていたのだ。その家を建てたのが僕の曽祖父だったということである。

「見たときはほんとうに驚きました。しかも、たまたま天井に雨漏りがあったから、僕が行く少し前に見つけられたもので……」

「そんなこともあるんだねえ。運命を感じるね」

木谷先生が笑った。

「みんなもいっしょなのか。楽しそうだなあ。その家も見てみたいし、農業にも興味はあるけど、その日は大学の同期会があるんだ。島田とも会うから、さっきの話はそのときにするよ。でも、家は見てみたいから、またそのうち機会があったら」

「わかりました。田辺たちにも伝えておきます」

そう答え、研究室をあとにした。

2

翌々日は川越駅に集合。農家の仕事は朝早いそうで、駅前に六時に集合となった。メンバーは石野、沢口、田辺、べんてんちゃん、豊島さん、安西さん、そして僕。みんなは日帰りだが、田辺の誘いもあり、僕は田辺の祖父母の家に泊まることになっていた。

沢口は家からだと間に合わないので、前日は和光市にある石野の家に泊まったらしい。深夜まで話しこんでいたらしく、石野はかなり眠そうで、沢口に、しっかりしなさい、と小突かれている。

畑にはいるということで、いつもはスカートの石野や安西さんも今日はジーンズ姿だ。べんてんちゃんは農園の見学が楽しみなようで、朝からテンションが高かった。

連休中だし、浮草は営業しているはずなのに豊島さんと安西さんふたりとも来てしまって大丈夫なのかな、と思って訊いてみると、お昼まで岩倉さんが店番をしてくれることになったらしい。

岩倉さんは浮草の持ち主だ。小さな出版社を経営していて、前の浮草の店主・水上さんの古くからの友人である。去年水上さんが亡くなったあと浮草の建物を相続し、実際の店の経営を安西さんと豊島さんにまかせている。

連休中出版社は休みなので、留守番を買って出てくれたらしい。農園見学は遊びではなく、新井から依頼された仕事の一環だということもあった。

これからは古書店だけでは立ちゆかなくなるということで、安西さんのアイディアで浮草は古書店以外の業務もおこなうようになった。岩倉さんにとっても思い入れのある店だから、なんとか続けていきたい。それであたらしい業務を応援してくれているらしい。

ひとつが活版印刷のワークスペース。川越にある「三日月堂」という印刷所と提携し、店の一角に手動の活版印刷機を一台置いて、活版体験のワークショップを開いたり、活版印刷をしたい人に時間貸ししたりしている。

さらに、この前の新井の仕事のあと、店のリーフレットなどの簡単な印刷物の編集・デザインも請け負っていこう、と決めたらしい。

田辺と豊島さんが車を出してくれたので、分乗した。田辺の車には石野、沢口と僕。豊島さんの車に安西さんとべんてんちゃん。国道に出て、川島町に向かう。

これから行く農園の持ち主は佐藤陽菜さんといって、新井の美里さんの高校時代の同級生だ。川島町の農家の生まれで、種まきや収穫などの繁忙期には実家の仕事も手伝いつつ、広い農園の一画を自分の畑として、無農薬有機農法の循環型農業を試みている。

ここで採れた野菜を川越でおこなわれるマルシェに出したり、新井や数軒のレストランに直接届けたりしているのだ。

最初のリーフレットを納品したとき、次は陽菜さんの農園を紹介しよう、と決まった。宿泊客は朝、みな新井の野菜を食べる。リーフレットにその野菜を作った人の話が載っていれば、朝食がさらに思い出深いものになるだろう、と思った。

その席で、新井で農園見学の体験ツアーを組む、などのアイディアも出た。ただ宿泊するだけでなく、学びや体験を提供する、というアイディアだ。僕が川越で働きたいと感じたのもそのときだった。

最初、リーフレットは季刊、つまり年四回発行という話だった。だが、載せたい記事もいろいろあるし、安西さんたちも意欲があるということで、隔月刊に変わったらしい。最初の号を四月の連休前に出したから、今度は六月刊。

車が河原を渡る橋にさしかかる。後部座席から、広いねえ、という沢口の声が聞こえた。この橋は長い。この前田辺から説明してもらったが、入間川、小畔川、越辺川という三本の川を越えるからだ。

川島町は川に囲まれた島のような町で、かつてはそのほとんどが水田だったという。「都会に一番近い農村」というキャッチフレーズもあるらしい。田辺はこの前来たときにしていた話をもう一度かいつまんで話している。ときどき沢口の相づちが聞こえるが、石野の声はない。

「石野は？」

田辺がバックミラーをちらっと見る。

「寝てるよ」

沢口が苦笑気味に答えた。

「さすが、永遠の子ども」

田辺が笑った。「永遠の子ども」とは、沢口がつけた石野のあだ名である。

「でもさあ、就職失敗したこと、相当応えてるみたいなんだよね。昨日の夜もずっとその話してたし」

石野は去年の秋、会社をやめた。入社して半年後のことだった。不動産関係の会社に就職したが、営業の仕事が厳しく、性に合わなかったらしい。

「田辺や僕の前では、会社辞めたこと自体は後悔してない雰囲気だったけど」

「あの会社は辞めてよかったと思ってるんじゃない？　ていうか、続けられなかったと思う。けど、入社して半年で辞めちゃったわけでしょ？　なんだろう、敗北感？　で、なかなか再就職先も決まらないみたいで……」

「別に決まらないわけじゃないよ」

突然、石野の声がした。

「起きたんだ」

沢口が言った。

「最初から寝てない、って」

「じゃあ、さっき橋渡ったの、知ってる？」

「それは……見てなかったけど……」

石野が不満そうな声で言った。

「受けたのに決まらないんじゃなくて、方向が定まらないんだよ。もう失敗したくないからね。わたしなりにちゃんと考えてるんだって」

「わかるけど……。やってみないとわからないっていうのもあるじゃない？」

「わたしは不器用だし、沢口みたいになんでもできるわけじゃないから」

「わたしも別になんでもできるわけじゃないよ。なんていうか、ただいろいろあきらめてるだけで……」

沢口がぼそっと言う。前に田辺が、石野より心のうちを明かさない沢口の方が心配だ、と言っていたのを思い出した。

「まあまあ、今日は仕事のことを忘れるために来たんだよね」

田辺がほがらかな声で言う。

「それは、まあ、そうだけど」

石野が言った。不服そうではあるが、だれかが終えてくれることを望んでいたのかもしれない。それ以上はなにも言わなかった。

「美里さんからもらった地図によれば、このあたりのはずだよ」

田辺が車を路肩に寄せる。うしろの豊島さんの車もウィンカーを出し、止まる。車をおりるとさああっと風が吹き抜けた。助手席からおりて豊島さんの車の方に行くと、向こうも助手席から安西さんがおりてきた。

「このあたりですよね」

「そのはずです。青い屋根の家だ、って」

安西さんが地図をにらむ。陽菜さんの農園は、観光用の体験農園などではなく、ふつうの農地である。だから看板が立っているわけでも目印があるわけでもない。

「ああ、あれじゃないですか」

安西さんが言った。指差した先に青い屋根の木造家屋があった。

「そうですね、まちがいない」

地図と突き合わせながらそう答えた。

思った通り、その青い屋根が陽菜さんの家だった。車二台で前まで行くと、なかから陽菜さんが出てきて、車を止める場所を教えてくれた。

「今日はよろしくお願いします」

安西さんが陽菜さんに頭をさげる。

「いえいえ、こちらこそわざわざお越しいただいて……。お見せするほどのものはあまりないんですけれども」

陽菜さんが笑った。日焼けしているが、想像していたより細身で華奢（きゃしゃ）な人だった。体格だけいえば、小柄な石野やべんてんちゃんとそう変わらない。

順に名乗り、自己紹介する。

「ただ、今日はちょうどさやえんどうの収穫がありますから、少し収穫を手伝っていただけたら助かります」

「収穫、できるんですか?」

べんてんちゃんが身を乗り出す。

「はい。お持ち帰りいただくことはできないんですが」

陽菜さんが申し訳なさそうに言う。

「もちろんです！　畑仕事に興味があったんです。トトロみたいな」

「ああ、おばあちゃんの畑ですね」

陽菜さんが笑う。

「そうなんです、あのトウモロコシを採るシーンにむかしからずっと憧れてて」

「トウモロコシは夏なんですよ。さやえんどうはトウモロコシにくらべると小さいので地味かもしれませんが」

「いえ、豆も素敵です！」

さすがべんてんちゃん。元気がいい。

「みなさん、服装は大丈夫そうですね」

陽菜さんが僕たちをながめる。

「あと、暑いので飲みものは必ず。タオルも持っていってください」

「はい」

豊島さんがうなずく。みんなカバンからタオルを取り出した。あらかじめ服装と持ちものについての指示があったのだ。

「あのお、すみません」

石野の声がした。

「やっぱり、虫……出るんでしょうか？」

「虫、苦手ですか？」

陽菜さんが笑う。

「は、はい……」

石野が大の虫嫌いなのは僕たちも知っていた。そもそも川島町を見てみたいと言いだしたのは石野だ。だが、それは最近行き詰まっているから川島町の広々した風景を見て気分転換したい、というだけの話だった。

そこに僕たちの陽菜さんの農園を見る話が加わったのだ。虫嫌いの石野は農園に出るのはいやがるだろう、だから待ち合わせを二回に分けるか、僕たちが農園にいるあいだ、石野にはほかのところで待っていてもらおうか、という話になった。

ところがなぜか、石野が自分もやってみたい、と言いだした。沢口がなんで、と訊くと、自分の人生観を変えたいのだ、と言う。沢口は、石野ちゃんには絶対無理、と言い張ったが、本人がやると言っているのだから止めることもできない。それで、来るからには絶対文句を言わない、という約束で参加することになったのだ。

「そうですね、畑なのでやっぱり虫は出ます。とくに、いまの時期は青虫が……」

陽菜さんが申し訳なさそうに言った。

「やっぱり……」

石野の顔色が暗くなった。

「どうしましょう。ここで袋詰めをする作業なんかもありますけど」

陽菜さんが言った。

「いえ、やります。完全防備の態勢で来ましたから」

石野はきりっとした顔になり、カバンから帽子を取り出した。

「母が庭仕事のときに使ってる帽子なんです」

首のうしろから横まで覆うように布のついた農作業用の帽子で、いつもふんわりかわいい系の服を着ている石野からは想像もつかない。さらに首にも厳重にタオルを巻き、軍手を装着。持ってきたサングラスをかけ、かなり怪しい人物になっている。

いまはいいが、今日の日中はかなり気温があがる予報だった。昼になったら暑いだろう。大丈夫なんだろうか。

「石野ちゃん、けっこう似合ってるよ、かわいい」

沢口が笑った。

「う〜〜〜」

石野がうなりながら、念入りに虫除け（むしよ）スプレーをしている。

「じゃあ、こちらです」

渡されたハサミを手に、陽菜さんのあとについて畑のなかを歩く。

思ったよりずっと広かった。見渡すかぎり畝（うね）が続き、上には青空が広がっている。いつも昼間は建物にこもっているから、日の光がまぶしい。ブロッコリーにきゅうり、緑の葉っぱはほうれん草だろうか。見覚えのない植物の姿もあった。

「農業っていうと、種まきと収穫のイメージが強いですけど、ほんとはそれ以外にもたくさんやることがあるんですよね。草むしりしたり、間引(まび)きしたり。毎日欠かさず手入れしなければならないから、お休みはないんです」

陽菜さんの言葉を、豊島さんがボイスレコーダーで録音する。

「お休みがないってきつくないですか?」

「そうですね、でも、一日中ずっと作業という日ばかりじゃありませんから。畑には毎日出なくちゃならないけど、そんなにすることがない日もあります。たしかに身体は疲れるんですけど、なぜか会社にいたころみたいにへばってしまうことはなくて」

「そうなんですか?　なぜなんでしょう?」

石野が不思議そうに陽菜さんを見た。

「通勤や競争もないですし。人づきあいはありますけど、他人とずっと狭い部屋で過ごす、とか、四六時中上司や仕事相手に気をつかい続ける、みたいなことがないからでしょうか。それに、自分がなんのために働いているかわかるからかもしれません」

「なんのため?」

「生きものを育てる。目的がすごくわかりやすいでしょう?　作物の元気がなくなったらどうする、とか、どうしたら収量があがる、とか、考えることはいろいろありますけど」

「そういうものなんですね」

　豊島さんがうなずいた。

「はじめたころは悲惨だったんですよ。あまり収穫できなくて。ちょっと採れるようになってきてからも、見た目もよくないし、おいしくない。全然売れなかったんですよねえ。何年かかかって、ようやく買ってもらえるものができた。ここを続けさせてくれた家族には頭があがらないです」

　陽菜さんが笑った。

「さやえんどうはあちらです」

　高い支柱にかけられたネットにつるが絡みつき、緑の塀ができている。近寄ると、葉っぱの隙間からときどき豆のさやが見えた。

「さやが大きくなって実のふくらみが見えはじめているものを選んで、ハサミを使って切り取ります」

　陽菜さんの手元にちょうど食べごろのさやえんどうがあった。手に持っていたハサミでパチンと根元を切る。

「そしたらざるに入れてください」

「これくらいのでいいですか？」

田辺が陽菜さんに訊く。

「はい、ちょうどいい感じです。切ってみてください」

田辺がハサミで切る。みんなのぞきこんで大きさを確認し、そのあとはそれぞれ離れて収穫作業をおこなった。ときどき遠くから石野の「虫っ！」という悲鳴が聞こえてきたが、しばらくするとそれもなくなった。

安西さんは畑の様子や僕たちの収穫風景を撮影、豊島さんは陽菜さんに質問しながら畑のあちこちをめぐっている。

茂ったつるの隙間からちょうどよく育ったさやえんどうを探すのはなかなか楽しい作業だった。ハサミで根元を切ると、わずかに青い匂いがする。そのたびに生きものの身体(からだ)にハサミを入れているのだ、と実感する。

さやえんどうの本体は生きているけれど、こうして若いうちに豆を採ってしまうのだから、一種の殺生(せっしょう)だろう。といって、僕たちはこうやってほかの生きものを食べないと生きていけないのだから、否定することはできない。

僕たちが食べているものは水と塩以外はたいてい生きものである、と聞いた。動物でも植物でも菌類でも。生きているものを食べることで生きている。殺さずに部分だけを食べ

ることを旨とする宗教もあるようだが、たいていの人はそんなふうに生きられない。

スーパーでパックされた肉や野菜を買っていると、それが生きものであることを忘れてしまう。日々なにかを殺すことで生きているということを忘れてしまう。食べるというのはほんとうはとても野性的なことなのに、そのことを意識せずに生きている。

生きていることがふわふわと軽く、自分の身体のことも考えなくなる。それは少しおかしなことなのかもしれない。ときにはこうやって、さやえんどうの根元をパチンと切り落とすようなことをしないと、人は命というものを忘れてしまう。

植物を切る青い匂い。植物は不思議だ。動物とちがって、なにかを食べるということがない。土と水と日の光で生きている。僕らは植物を食べ、飾る。そういえば華道なども生と死に向き合う行為だろう。ある一定の時間、植物の命と向かい合う。

豆を摘んでいると、とりとめもなくそんな思いが頭のなかをよぎっていった。


一時間ほど農園を見学し、建物に戻った。陽菜さんの家族がほうれん草をきれいにそろえ、重さを計って袋詰めする作業をおこなっていた。葉ものをそろえるのはけっこうむずかしいんですよ、と陽菜さんが言った。

田辺も沢口もべんてんちゃんもかなりの数を収穫し、大騒ぎしていた石野もまずまずで、陽菜さんにほめられていた。

「作物を植える前に堆肥作りとか、土を耕すとか、道具の手入れとか、やることがいろいろあるんですよね。年間スケジュールというか、この時期にこれを栽培して、ここで収穫して、っていう計画性も必要ですし」

豊島さんに仕事の内容を訊かれ、陽菜さんが答えた。

「こうやって収穫したものを袋詰めして、数えて、納品して……。ふつうの事務作業もたくさんあります」

「なるほど。生産もしているけど、商売でもあるわけですね」

豊島さんがメモを取りながらうなずく。

「気候は毎年ちがいますから、それに合わせて肥料の配分を変えて、畑の状態を整える。そうしないと品質や収量に影響が出てしまうんですね。うちは農学部を出た兄がデータを取って管理してますけど、祖父や父の直感の方が正しかったりすることも多くて」

「集団作業なんですね」

「そうですね。わたしの畑はわたしが管理していますけど、困ったときには家族に相談します。収穫期には手伝ってもらうこともあるし、家の畑が忙しいときはわたしも手伝う。ひとりだったら続かなかったと思います」

「身体も使うけど、頭もかなり使う仕事なんですね。人類の歴史を考えても、暦だって測量だって農業があったから進歩してきたようなものですし」

豊島さんの言葉に、なるほど、そうだなあ、と思った。

「農業、いいですね」

石野の声がした。

「そうですか？　そう言ってもらえるとうれしいです」

陽菜さんがにこっと笑う。

「石野ちゃん、虫怖かったんじゃないの？」

沢口が笑った。

「怖いけど……。でも、だんだん気にならなくなった。考えたら、こっちの方が全然大きいんだし、そんなにおびえることないか、って。ちょっと農業に興味出てきました」

石野の言葉に、沢口がええっと声をあげる。

「そうですか、よかったです。実は、わたしも最初は虫、怖かったんですよ」

陽菜さんが笑った。

「そうなんですか？」

「ええ。なんていうか、刺すとか刺さないとかそういうことじゃなくて、生理的に苦手で。

小さいのが飛んでるのもダメだし、土のなかからなにか出てくるのも怖くて……」

「あーっ、わかります！　理屈じゃないんですよねえ」

石野がぶんぶんうなずいた。

「けど、よく考えたら、人類ってちょっと前まではこうやって虫がたくさんいるなかで生きてたわけじゃないですか。町なかで暮らしてるとほとんど虫を見ないからちょっとでもいるとパニックになるんですけど、それも不自然なことかもしれないな、って」

石野が笑った。

「ずいぶん強気になったもんだね」

沢口が笑う。

「怖いものは怖いんだけどさ。あ、あと、植物すごいな、って」

「すごい？」

田辺がそう言って石野を見た。

「変じゃないですか？　なんにも食べないのに、どんどん大きくなって、花つけたり、実ったりして……。どっか一部を切ってもまた伸びてくるし、脳もないし、動物とは全然ちがう。でも、生きてる」

「ああ、たしかに。水と二酸化炭素と日光と土からの養分だけで大きくなるんだよなあ。

同じ生物でも全然ちがう」

「身体全体が生きることに向かってて、ちょっと怖いような……」

豊島さんが笑う。みんな表現はちがうけれど、畑にいるあいだに似たようなことを考えていたのかもしれない。生きるということについて。

「俺たちだって身体じゅう生きてるんだけどな。髪も爪も伸びるし、皮膚だって入れ替わる。食べたり飲んだりしなければ死ぬ。でも言いたいことはわかる。俺たちが『生きてる』ことを忘れすぎてるのかもしれないな」

田辺が言った。

3

陽菜さんにお礼を言って、車に乗りこむ。豊島さんと安西さんはこのまま浮草に戻って岩倉さんと交代、店番をしながら今日の記事をまとめるらしい。

田辺の車は、行きと同じく僕が助手席に乗り、後部座席に石野、沢口、べんてんちゃんが詰めて乗ることになった。途中で豊島さんの車と分かれ、僕たちはこの前田辺と行った醤油(しょうゆ)工場のレストランに寄った。うどんを食べてから川島町を車でぐるりとまわり、田辺の祖父母の家に向かった。

田辺のおじいさんは敏治さん、おばあさんは喜代さんと言う。

実は僕にはひとつだけ、ほかの人にはない力がある。家の声が聞こえるのだ。物心ついたときからそうだった。あるときほかの人には聞こえないのだと気づいて、以来ほかの人には黙っていた。

秘密にしなければ、と思っていたわけではない。言っても伝わらないし、信じてもらえないだろう、と思っただけである。それに、ほんとうに声がしているのではなく、幻覚というか、自分の精神の異常ではないかと案じていたのもある。

木谷先生の紹介で月光荘に住むようになって一年。はじめて訪れたとき、月光荘の歌が聞こえた。月光荘はしだいにしゃべるようになり、いまでは僕と会話もする。いつしかそれが心の安らぎになっていたが、やはり僕の心が生み出したまぼろしなのではないか、という疑いは消えなかった。

それがこの春、喜代さんと出会ったことで変わった。

喜代さんも家の声が聞こえる人だったのだ。喜代さんに聞こえているものと僕に聞こえているものは完全に同じではなかったが、喜代さんの家の声はふたりに等しく聞こえ、喜代さんから家の声に関する僕の知らない話を聞くことができた。

さらに、その家の棟木には僕の曽祖父の名前が書かれていた。その家を建てたのは曽祖父だったのだ。曽祖父の名前は風間(かざま)守章(もりあき)。そして家の話から、曽祖父もまた家の声を聞くことができる人だったと知った。

そのことが僕の心をあかるくした。両親はなく、馴染(なじ)んでいた母方の風間家の親戚(しんせき)とも縁が切れてしまった。父方である遠野家の祖父に育てられたものの、父が遠野家を捨てた人間だったこともあり、伯父たちとは距離があった。

だが、家の声を聞く力を持った曽祖父の話は、僕にもつながる場所があった、という手応えに思えた。曽祖父は故人で、もう会うことはできない。それでもなぜか、ようやく自分が拠(よ)って立つ場所が見つかったような気がしたのだった。

「みんな連れてきたよ」

玄関にあがり、田辺が奥に声をかけると敏治さんが出てきた。

「こんにちは。お邪魔します！」

べんてんちゃんが元気よく言う。

「いらっしゃい。なにもないけど、ゆっくりしてってください」

「大勢で押しかけてしまってすみません。よろしくお願いします」

沢口がはきはきと答え、お辞儀した。石野も合わせてお辞儀し、顔をあげると家のなかをものめずらしそうにきょろきょろと見まわした。

昭和初期に建て替えられた古い家。その前は茅葺き屋根だったと聞いた。

この前ここに来たとき、両親が生きていたころ、家族で住んでいた家になんとなく似ている、と思った。所沢にあったその家は僕の曽祖父、つまり風間守章が建てたものだ。戦後に建てられたものなのでこの家よりあたらしく、この家ほど大きくもない。建築にくわしいわけじゃないから、古い家は似て見えるというだけなのかもしれない。あのときはそう思ったが、まさか、建てた人が同じだったとは。

僕の父は大手商社の叩きあげ社員だった祖父と衝突して家を出た。大学を休学して青年海外協力隊に参加。帰国後、工務店に就職した。その工務店を営んでいたのが母方、風間の祖父だった。父はその家の娘と結婚、遠野の親戚は結婚式にも呼ばなかったらしい。

だから遠野の祖父は風間の家をきらっていた。風間の祖母と暮らしていた僕を自分の家に引き取り、風間の家との連絡を絶った。両親と暮らしていた家が処分されたことも、風間の祖母が亡くなったことも、僕には知らされなかった。

以後、風間の家とは音信不通になっている。祖父母は亡くなったが、親戚はいた。いまもどこかに暮らしているだろう。だが、連絡はつかない。だから一族のこともくわしくはわからない。

「まずはあれ、見に行こうか。棟木の文字」

田辺が言った。

「ああ、あの文字か。ぜひ見てってください」

敏治さんがにこにこ笑う。

「そのあいだにお茶の準備をしとくから」

敏治さんがそう言うと、田辺はうん、とうなずいて階段に向かった。

みしみしいう急な階段を一列になってのぼり、二階にあがる。あれから工事が終わり、業者が天井板を元通りにしようとしたが、おもしろいから棟木が見える状態のままにしてもらったのだそうだ。

「これもなんかの縁だろう、ってことになってさ」

田辺が笑った。

部屋にはいると、棟木が見えた。

棟梁　風間守章
鳶頭　風間行正

「うわー、ほんとだ」

沢口が声をあげる。

「遠野くんのひいおじいさんにまちがいないの？」

「たぶん。名前がいっしょで、仕事していた時期も場所もいっしょ。棟梁ともなればそんなにたくさんはいないだろうし、同一人物だと思う」

田辺が言うと、沢口はしげしげと棟木を見た。みんなには言えないが、この家も僕を守章だと思った。だから、まずまちがいない。

「田辺もこのこと知らなかったんでしょう？　そうだよね、遠野くんと苗字ちがうし」

「うん、風間は母方の姓だから」

僕は答えた。

「それに、この棟木はずっと天井板で隠れてたんだ。春先に屋根が壊れて雨漏りするようになって、修理のために天井板をはずした。そのときに見つかったんだ。俺もそれまでこんな文字があるなんて全然知らなかった。祖父もはじめて見たって」

「すごい偶然だよね。こんなことあるのか、ってくらいの」

沢口が言った。

「前世からの縁みたいな？　木谷ゼミで遠野くんと田辺くんが出会ったのは運命だったんだねえ」

石野がにやにや笑って僕たちを見る。これを見つけたとき、石野に話したら運命だってからかわれるだろう、と話していたが、その通りのことを言われて笑いそうになった。

「『棟梁』っていうのは、大工の親分みたいなものだよね？　でも『鳶頭』ってなに？」

石野が首をかしげる。

「俺も気になって後で調べたんだけど、足場を組んだり、高所での作業に従事していた人が鳶職で、そのリーダーってことみたいだよね。だけど、鳶は建築だけじゃなくて、火消しとか祭りでも活躍していたみたいだよ」

「火消しの半纏を着た人たちですよね？　同じ苗字ってことは、この人も遠野先輩のご先祖さまの一族のひとりってことでしょうか」

べんてんちゃんが言った。

「そうなんだろうね」

「でも、よく名前覚えてたね。わたし、自分のひいじいちゃん、ひいばあちゃんの名前なんて知らないかも」

石野が言った。

「いや、聞いたのは小さいころだし、僕も覚えてたのは、風間の家が代々大工をしていたってことと、曽祖父が守章という名前だったってことぐらい。なんでも僕はその曽祖父に顔が似てたらしくて、小さいころ親戚からやたらとそのことを言われて……モリアキに似てる、って。字までは知らなかったけど、響きで覚えてた」

「どんな人だったんだろうね。ちょっと気になる。鳶頭の行正(ゆきまさ)さんの方も。鳶頭っていったら、町のヒーローでしょう？」

沢口が言った。

たしかに江戸時代、鳶が町で活躍していた話は本で読んだ。「〇組」と書かれた半纏を着て、祭りを仕切る。神輿(みこし)の御仮屋(おかりや)や神酒所(みきしょ)を作ったり、提灯(ちょうちん)をかけたり。平時は道路や家屋の普請(ふしん)、火災のときは鎮火。町民から頼りにされていた、とあった。

あのときは自分の曽祖父の名前が棟木にあったことだけではなく、喜代さんも家と話すことができたり、この家に曽祖父とまちがえられたり、驚くことの連続でそこまで考えがおよばなかったが、たしかに風間の一族がどんな人たちだったのか、少し気になる。

「町のヒーローかあ……」

石野はふふふ、と謎めいた笑みを浮かべた。

それから下におり、前に食事をしたときの居間に通された。田辺がほかの部屋からいくつか椅子を持ってきた。

「どうぞどうぞ、狭いですが、かけてください」

敏治さんの言葉に、詰めながら座った。

「ばあちゃんは?」

田辺が訊いた。

「寝てるよ。でも、みんなが来たら起きる、って言ってた」

敏治さんが言った。

「おばあさま、どこか悪いんですか?」

沢口が訊いた。

「まあ、もともと丈夫な方じゃないんだ。歳だからちょっと弱ってはいる。でも病気っていうわけじゃないんだよ。眠ってしまうのは、その……。むかしからそういう体質だった、というか」

田辺が答えた。

「うん、最近は前よりずっと元気だよ。遠野さんがこの前来てくれてからかな、ずいぶんと楽しそうにしている。今日もみなさんがいらっしゃるのを楽しみにしてるみたいで」

敏治さんが笑った。

「そうなんですね、よかった」

沢口がほっとしたように笑った。

「じゃあ、様子見てくるよ」

田辺はそのまま部屋を出て行った。

喜代さんは子どものころから身体が弱かったらしい。それにときどき二、三日続けて眠ってしまう、という不思議な体質があった。いまはそこまで眠り続けることはないようだが、眠っている時間は長い。日中何時間も眠ってしまう日もあるのだそうだ。

この家はもともと喜代さんの方の家で、敏治さんは入り婿だったのだそうだ。むかしは養蚕もおこない、喜代さんは子どものころから蚕が好きだったのだという。

蚕は孵化してから繭を作るまでに四回脱皮する。脱皮のときはまったく動かなくなる。この状態を「眠」という。だから、喜代さんの続く眠りは「眠」のようだと言われていたのだそうだ。

ここに来る前に田辺から、喜代さんがときどき要領を得ないことを言う、と聞かされていた。そのなかに、家と話す、というものがあった。まさか僕と同じ力なのか、と思ってやってくると、喜代さんはまさしく家と話せる人だった。

この家も話す。今日はまだ黙っているが、僕を「モリアキ」と呼ぶ。曽祖父と顔が似ているからなのだろう。僕らより長く生きている家には、人の死というのがよく理解できないのかもしれない、とも思う。

そうして、その「眠」のあいだ、喜代さんはどうやら家たちの世界に行っているみたいだった。蚕の糸が無数に漂(ただよ)うような、真っ白な世界だという。同じものなのか定かではないが、僕もまた夢のなかでそれと似た世界にはいったことがあった。

「なんかおばあちゃんちと似てます。ほっとする～」

べんてんちゃんが言った。べんてんちゃんの家は熊野(くまの)神社の近くの松村菓子店で、通りに面した店は古い造りだが、奥にある住居はべんてんちゃんが子どものころに建て替えたらしく、いま風である。

「そうですか」

敏治さんがにこにこうなずく。

「もう亡くなって、家も残ってないんですが。でも、なんか雰囲気似てます。家具も。この木の棚とか、上にかかってる布とか」

べんてんちゃんがなつかしそうに言った。

「まあ、むかしの家はみんなこんな感じだったよねえ」

敏治さんが笑った。

「こういう棚の引き出し開けると、なかに小さいお菓子がはいってて……」

「わかる～。うちもそうだった。チョコとか、スーパーで大袋にはいってるような和菓子とか……」

沢口が言う。

「うちもあったよ。日持ちするチョコ菓子とかドロップとか、あと砂糖のまぶされたゼリーみたいなやつ！」

石野も言った。

敏治さんが出してくれたお茶を飲みながら話していると、田辺に背負われた喜代さんがやってきた。

「大丈夫なんですか？」

沢口が心配そうに訊く。

「大丈夫よ。せっかく悟史のお友だちがいらしてるんだもの。寝てるわけにはいかないでしょう？」

喜代さんがにこにこ笑う。

「お久しぶりです。またうかがいました」

椅子(いす)に腰かけた喜代さんに言う。

「みなさん、よくいらっしゃいましたねえ。遠野さんも、ありがとう」

そう言いながら、小さくお辞儀をした。

喜代さんはにこやかによくしゃべった。むかしの暮らしや、この家のこと。前に見せてもらった茅葺き屋根の家の写真も見せてもらい、養蚕の話も聞いた。喜代さんが小さいころ、同じ家で蚕と暮らしていたという話を聞くと、石野はひどく怖がった。

「夜になるとねえ、蚕が葉っぱを食べている音が聞こえるの。ざざざざーって」

喜代さんはなつかしむような顔になる。

「まあ、怖いっていう人もいるわよねえ」

喜代さんが笑う。

「わたしにとっては、蚕はかわいいものだったんだけどね」

「そうなんですか?」

石野はじっと喜代さんを見た。

「ええ、真っ白くてねえ」

喜代さんのしずかな声を聞き、石野は黙りこんだ。話題はしだいに養蚕から田畑の話にうつり、みんなじっと聞き入っている。

吉田の家はわりと大きく、田畑もたくさんあったのだそうだ。だが、敏治さんと喜代さんには娘しか生まれなかった。田辺のお母さんを含め、三人。みんな他家に嫁ぎ、田辺の家はふじみ野で比較的近いが、ほかはみんな遠方にいる。

娘たちのだれかに婿を取り、田畑を継がせるような時代じゃない。敏治さんも喜代さんもそう考え、自分たちの身体がきかなくなったら農業をやめると決めた。いまはかつてあった土地をかなり売り払い、残っている土地も人に貸している。

「じゃあ、畑を全部処分しちゃったわけじゃ、ないんですね」

石野が言った。

「うん。貸してる土地もけっこうあるよ。でも、なんで？」

田辺が訊いた。

「いえ、さっき陽菜さんの農園に行って、なんか農業っていいなあ、ってちょっと思ったんですよね」

「ちょ、石野ちゃん、なに言ってるの？　虫怖がってたくせに」

沢口がぎょっとしたような顔になる。

「最初はね。でもだんだん大丈夫になった、って言ったでしょ。この辺の雰囲気、すごく素敵じゃない？　農村〜って感じで。おとなりに蔵もあったし『体験農園プラス古民家レストラン』とか作ったらどうかな、って。畑で農業体験して、採れた野菜を出すとか……」

「いいですね！」

べんてんちゃんが目を輝かせる。

「美里さんも陽菜さんの畑で農業体験ができたら、みたいな話をしてましたし、いまそういうの求められてるのかも」

「たしかに素敵だけど、実際に運営するのはたいへんじゃない？　川越の町なかならともかく、ここだとまわりになにもないし、人を呼ぶのも……」

沢口が言った。

「観光客が来るようなところじゃ、ないからねえ」

敏治さんもうなずいた。

「農業もね。土をたがやしたり、草や虫を取ったり、やっぱり重労働だよ。自営のたいへんさもあるし。生半可な気持ちではできないだろう」

田辺が言った。

その通りだ。理想だけで商売はできない。豆の家の佐久間さんだって資金をかなり貯めてからのスタートだったし、あの家は佐久間さんが相続したものだった。美里さんもそうだ。スタートしたあとも、客が来なければ干上がってしまう。

サラリーマンではなく、川越で働く。それが自分の理想の生き方と気づいたのはいいが、どうやったら実現できるのか。なんの道標もない果てしない道に思えてくる。

「それはわかってるんだけど……。でも、なんかそういう夢があれば、わたしもがんばれるような気がして……」

石野が小さな声でもごもご言った。内心、わかる、と思った。

「ええと、夜はみんなでごはん作って食べるつもりだったんだけど、それでいいかな？」

話題を切るように田辺が言う。

「うん、そのつもりだったよ」

沢口が答えた。

「呉汁（ごじる）の材料はそろえといた。あとは切って煮込むだけ。そろそろはじめようか」

田辺が立ちあがる。今日は敏治さんにも休んでもらって、田辺と僕たちだけで夕食を作ることになった。調理場でも石野は不器用ぶりを発揮し、それじゃあレストランの経営も無理なんじゃない、と沢口に突っこまれていた。

4

なんとか夕食が完成し、みんなで食べた。喜代さんは終始楽しそうにしていたが、食事が終わるころには疲れが出たのか、田辺に背負われて床についた。片づけを終え、田辺が車で石野、沢口、べんてんちゃんを川越まで送ることになった。

僕もいっしょに外に出て、みんなを見送った。

「喜代さん、なんだか妖精みたいだった」

車に乗りこむ前、石野がぼそっと言った。

「わたしたち、知らないことがいっぱいあるんだね」

ため息をつき、夜空を見あげる。

「石野ちゃん、どうしたの？」

沢口が苦笑いしながら石野を見た。

「人間だって生きものなんだよね。だから食べることはとても大事で、わたしたちの身体はそれなしじゃ生きられない。むかしの人たちは食べものを得るための活動が生活の大半で、そのために命を落とすこともあって……」

石野は迷いながらぽつんぽつんと話す。

「喜代さんの話、最初はのどかなむかし話みたいに感じてたけど、ほんとはそっちの方がずっとたいへんだったんだなあ、って。ああ、なに言ってんのかわからなくなってきた」

「まあ、言いたいことはなんとなくわかるよ」

沢口がくすっと笑う。

「わたしたちが頭でっかちになっちゃってる、ってことでしょ？　生きるための活動からは切り離されて、命にさわることも、人の生き死にに出会うこともほとんどない。肉体なんかなくなって電脳空間に生きてるつもりになってるのかも、って」

「うん、まあ、そういうこと……」

石野がこくんとうなずく。

「だから人の死に出会うと、驚くんだよね。こんなに呆気(あっけ)ないものなのか、って」

沢口の言葉にはっとした。沢口にもなにかあるのかもしれないな。心のうちを明かさない沢口の方が心配、という田辺の言葉が頭をかすめた。

「こういう場所で一日過ごして、土にふれたり、話を聞いたりすると、いろいろ思うこともあるよね。でも、たぶん明日には全部忘れて通勤電車に乗ってる。スマホやパソコンとにらめっこになる。それに、わたし、自分の身体、きらいだから。自分が生きものだってことがわずらわしくて、心底いやになるときがある」

沢口が苦笑いする。

「えええ、大丈夫ですか、沢口先輩」

べんてんちゃんが驚いたように言った。

「みんなはそう思わないの？　疲れるし、頭痛かったり、肩凝ったり、思い通りにならなかったり、いろいろあるじゃない。身体なんかなければいいのに、って思う」

「沢口、疲れてるな」

田辺が言った。

「そういうんじゃなくて！　わたし、むかしからそうなんだけどな」

沢口が言いかえす。

「まあ、明日も仕事なんだろ？　早く家帰って寝ろ」

田辺が笑う。

「だから、そういうんじゃないんだけど……」

ぶつぶつ言いながら、沢口は後部座席に乗りこんだ。

車が出て行って、僕は家に戻った。敏治さんに淹れてもらったお茶を飲みながら、よもやま話をする。敏治さんは僕が住んでいる月光荘にも興味を持ったようで、今度川越に行ったらぜひ立ち寄りたい、と言う。

「まあ、喜代をひとりにはできないから、なかなか長時間は出かけられないんだ。ほんとは喜代も連れていきたいけど……。今度休日に悟史に留守番してもらって、ひとりで行くか」

「ええ、ぜひいらしてください」

「川越も変わっただろうなあ。もう何年も行ってない。すっかり立派な観光地になって、人も大勢来ているんだよねえ。テレビで見てびっくりしたよ」

敏治さんや喜代さんが川越に足を運んでいたころは、いまの大正浪漫夢通り（たいしょうろまんゆめどおり）が銀座商店街というアーケード商店街だったらしい。

「あんなふうにきれいになってからは、何回かしか行ってない。近いのになあ。テレビで見るだけ。もう子どももいないし、身のまわりのものはこのあたりのスーパーで間に合うし。すっかり出かけなくなった」

「そうですか」

「今日はにぎやかで、楽しかったなあ。喜代も喜んでた」

「よかったです。うるさかったんじゃないか、ってちょっと心配してました」

「そんなことはないよ。やっぱり若い人はいい。元気で、未来があるなあ、って感じる」

敏治さんがそう言ったとき、玄関から、ただいま、という田辺の声がした。

いつも田辺が寝泊まりしている部屋にもうひとつ布団を敷き、敏治さんが眠ったあともしばらく田辺とふたりで話した。

「あのふたり、どうだった?」

別れ際の沢口のことが気になって、田辺に訊いた。

「ふたり、って、石野と沢口か?」

「そう。車に乗る前の沢口、なんか変なこと言ってただろう?」

「車のなかではすっかりいつもの沢口に戻ってたよ。石野の堂々めぐりの話につきあって……。べんてんちゃんがいい具合に突っこんでくれたんで、助かった」

田辺が笑った。

「でも、そうか、遠野も気になったか。あのときの沢口、たしかに変だったよなあ」

「田辺、前に言ってたじゃないか。石野より、心のうちを明かさない沢口の方が心配だって。あの言葉がちょっとわかった気がした」

「そうだよなあ。大学時代、ちらっと聞いたんだ。沢口と同じ高校の出身のやつで、高校時代の沢口は暗くて人とつきあわないタイプだったとか、家が複雑だとか」

「そうなのか？」

「うん、ただ、そいつも同じクラスになったことがないからくわしいことは知らないみたいで。大学でふつうに人と接している沢口と再会して、一瞬わからなかった、って。でも、沢口にその話をしたことはない」

田辺が言った。

「うちも家がいろいろあったからさ。沢口の家が複雑だっていう話が気になったのかもしれないな。俺も高校時代はひどかったから」

田辺が苦笑いする。

「田辺が？」

信じられない、と言いかけてやめた。人はわからない。大人になれば胸のうちにあるものを隠すことができるようになるが、だからといって秘めたものがなくなるわけではない。「信じられない」という決めつけは、一種の暴力だと思う。

とはいえ、意外だと思ったのは事実だ。田辺の高校時代に両親が離婚したことは知っていたが、大学時代の田辺は快活だったし、周囲の気持ちを読み取り、受け止める力があった。僕がゼミでなんとかやってこられたのも田辺のおかげだと思っていた。

それに、田辺は前に言っていた。中学高校時代は剣道部にいて、強い方だった、って。

だからてっきり高校時代も同じようにリーダー的な存在だったと思っていたのだ。

「まあ、ひどかった、っていっても、荒れてたわけじゃないよ。周囲からは優等生に見られてたと思うし。でもなんていうか……だれにも心を許してなかった。だれも信じてなかったし、だれも好きじゃなかったんだ」

「そうか」

「高校は閉鎖空間だからね。ずっと優等生を演じ続けてなくちゃいけなくて、けっこうしんどかったんだよな。みんなから距離を取ってたから、ある意味公平だった。だれにでも親切、ってよく言われたよ」

田辺は苦笑いした。

「大学はいってちょっと楽になったんだ。固定のクラスもないし、人間関係が薄まった、っていうか。ゼミにはいる前はちょっと心配だったけど、遠野や沢口、石野と親しくなって、なんていうか、救われたような気がしたんだ。みんなちがうんだけど、どこか似てるような気がして。木谷先生もああいう感じだし、安心していられた」

「そうだったのか。僕は田辺に救われてた。無事に卒論提出にこぎつけたのは田辺のおかげだと思ってるし」

「遠野はよくそう言うけど、それはこっちからしても同じことなんだよなあ」

田辺は、ははは、と声に出して笑った。

「沢口にはさ、高校時代の俺と似たものを感じるんだよ。絶対心のうちを明かさない。明かしたら全部崩れてしまう、くらいの気持ちで、いつも張りつめてる。そんな感じ。だから俺は逆に、車に乗る前に沢口があんなふうに言ってたことが、ちょっとうれしかったんだ。少しなにかがゆるんできたのかな、と思って」

なるほど、と思い、田辺という人間がまた少しわかった気がした。

「あれはきっと石野のおかげなんだよなあ」

ぼそっと田辺が言う。

「石野の？」

「石野はあんなだから、沢口に甘えっぱなしのように見えるけどさ、実際には沢口の方が石野に甘えてるところもあるんじゃないかな。沢口、前に言ってたよ。石野ちゃんと話してるとついからかいたくなる、言ったあとですごく反省するんだけど、って」

「あの軽口が沢口の甘えってこと？　うん、そうかもしれないな。沢口があういうこと言うの、石野に対してだけかもしれない」

「人ってやっぱりおかしいよなあ。沢口は自分の身体をわずらわしいと言ってた。俺もむかしは人とつながることがわずらわしかった。うわべだけつながっているふりをしてごまかしていた。だけど、いま、こうしてみんなと少しつながってくると、やっぱりそれがすごく大事なことのように思えてくる。わずらわしいけど、ないとさびしいんだよな」

田辺が天井を見あげる。古い木の、木目のある天井。この天井も、むかし僕の曽祖父が作った。そして、いま僕がそれを見あげている。不思議なことだ。

「そういえば、安西さんとも似たような話をしたなあ」

僕は言った。

「安西さんが?」

「うん。安西さんの家もけっこう複雑で。お姉さんと折り合いが悪いらしいんだ。安西さんはそれで家を出て、ひとりで浮草の二階に住んでる」

「そうだったんだ」

「お姉さんとはもううまくいかないだろうけど、やっぱり家族だから大事だ、って安西さんは言ってた。大事でもうまくいかないことはあるし」

「大事だからこそうまくいかないこともあるよな」

田辺が笑う。

「そう。そうなんだ。僕の亡くなった祖父と僕もそう。祖父は祖父なりに、僕のことを心配して矯正(きょうせい)しようと考えたんだと思う。でも僕にはそれは……」

辛(つら)いことだった。祖父が僕たちの家を処分したこと。風間の家と縁を切ってしまったこと。全部辛いことだった。身体を無理やりねじ曲げられたみたいに。祖父を許せない、と憎むほどに。

でも、その祖父ももういない。どんなものでもいつかなくなる。

喜代さんも。喜代さんの身体は少しずつ弱って、もう長くない、と田辺は言っていた。田辺がここに寝泊まりしているのは、学校から近いとか、祖父母が心配だから、ということだけじゃなくて、できるかぎり喜代さんと長くいっしょにいたいからなんだろう。

僕にとっても、喜代さんはようやく見つけた同じ力を持つ人だった。喜代さんからもっと家の声の話を聞きたい。喜代さんがいなくなったら、僕はまたひとりになってしまう。田辺とは質のちがう自分勝手な思いだが、あせるような、苦しいような気持ちになる。

風が窓をかたかた揺らす。

「そういえば、遠野はどうなんだ?」

ふいに田辺が訊いてきた。

「どうって?」

「修論とか、就職とかさ。なにか決まったのか?」

「ああ、修論のテーマはようやく決まった」

「へえ。やっぱり漱石か?」

「うん。『硝子戸の中』を中心にしようと思ってる。木谷先生も賛成してくれたよ」

「そうか、よかったじゃないか」

「連休前は、もう決まらないんじゃないか、ってあせってたからね。新井のリーフレットの文章を書いたのがよかったんだ。あれを書いたおかげで、漱石に随筆集があったのを思い出した」

「そんなこともあるんだな」

田辺が楽しそうに笑う。

「それにもともと僕は『硝子戸の中』が好きだったんだ。どうしてかはわからないけど、あの文はどんなに疲れているときでも、不思議とするする読める」

「へえ。俺は読んだことないんだけど……。おもしろいのか?」

「おもしろいっていうのとは少しちがうけど。エッセイだから筋があるわけじゃないし。たぶん文体じゃないかな」

「ふうん」

田辺がまたくすっと笑った。

「なんだ?」

「いや、なつかしいなあ、と思って。こうやって遠野と論文のこと話すなんてさ。ちょっと卒論のときのことも思い出した。遠野と卒論提出したところに石野が来て、家のプリンターが壊れた、って言って半泣きで……」

「そうだったな」

僕も笑った。あわてて学校のパソコンを使って石野の卒論をプリントアウトして、沢口と四人で穴をあけて、綴じて、期限の時間ぎりぎりになんとか提出したのだ。

そのあと四人で打ちあげに行って、田辺も石野も沢口もみんな徹夜明けだったから、飲んでるうちにかわるがわる眠ってしまって……。

僕にとってはもしかしたら、田辺、石野、沢口の三人がはじめてできた友人と呼べる存在だったのかもしれない。

「楽しかったよなあ。なんだろう、楽しいって、あとにならないとわからなかったりするよね。そのときはただ必死だったり……」

「そうだなあ」

「で、就職の方は？」

「うん。そっちも少し考えがまとまった」

「ほんとに？」

「いまは漠然と、川越で働きたい、って思ってる」

「川越で?」

田辺が驚いたようにこっちを見た。

「おかしいかな?」

「いや、おかしくはない。むしろ、ぴったりきすぎて驚いた。そうか、川越で働く……。いいんじゃないか?」

「なにをするのかはまだ全然決まってないけどね。でも、あの町で働きたい。新井や佐久間さんの豆の家みたいに、川越で商売したいってことなのかもしれない、って思う。といっても、僕は商家の跡取りでもなんでもないし……」

冷静に考えると、夢物語だな、と思う。昼間田辺や沢口が言っていた「自営はたいへんだよ」という言葉を思い出す。不動産を持っていた佐久間さんや、新井の孫娘である美里さんでも、いろいろな努力をして店や宿をはじめるところまでこぎつけたのだ。

「現実的に考えたら、公務員や教員になるくらいしかないかもしれないなあ」

「いや、跡取りじゃないけど、それなりに伝手(つて)はできてきてるんじゃないか。大事なのは縁故だろう。それに、川越で働くっていうのがしっくりくる気がするんだ。東京の企業で働くのよりずっと」

「そうかな?」

「大学に行くとどうしても企業に就職する流れになるし、院に行く人のなかには博士まで行って研究者になる人も多いけど、別にこだわらなくてもいいよなあ。まわり道をしても、自分に合った道が見つかるならそれがいちばんいいんだから」

「木谷先生にも悪くない、って言われた。でも、先立つものもないし最初はだれかに雇ってもらうほかない。だいたい、なにをすればいいんだろう。べんてんちゃんちの和菓子店、羅針盤や豆の家のような珈琲店、古書店の浮草、美里さんの宿に笠原先輩の紙店。僕がよく知っていると言えるのはそんなものだけど……」

「二軒家にできる資料館もあるよな」

「いや、あそこはボランティアで片づけを手伝った程度だから。資料館には専門知識も必要だろうし、最初から常駐スタッフを雇えるとも思えない」

「浮草は?　本のことにはくわしいだろう?」

「いや、あそこには安西さんと豊島さんがいるから……」

それ以上雇う必要はないし、そこまで余裕があるとも思えない。

「新井もいまは人数足りてるみたいだしね。また軌道にのってワークショップとか体験ツアーみたいなあたらしいことをはじめたら話は別だろうけど」

「ああ、体験ツアー。陽菜さんの農園に行ったりする、っていうやつか……」

田辺がじっと考えこむ。

「そしたらさ、こういうのはどうだ？　浮草でも豆の家でも月光荘でもワークショップみたいなことをやってるだろう？　でも、どこも業務のかたわらだからそこまで自由がきかない。それをコーディネイトする仕事、っていうのはどうだろう？」

「コーディネイト？」

「遠野の知り合いの店をつなぐハブになって、お客さんが店を行き来していろんな体験をできるようにする、ってこと。ワークショップの講師の手配をしたり、スケジュールを管理したり、お客さんの窓口になったり。どこでなにをしてるかわかるようなサイトを作るとか。それで各店から手数料をもらう」

「僕がやりたいこととはマッチしてるけど、その手数料だけでやっていけるもんかな」

「イベントの数にもよるよね。最初からすごく儲かるってことはないだろうけど、うまくいけば参加する店も増えてくるかもしれないし……」

「なるほど」

「あと、川越の町には古い家の人も多いだろう？　長く川越に住んで、川越の歴史にくわしい人もたくさんいるはずだ。そういう人の声が聞ける場があったらいいんじゃないか。

前に俺の母親がそんなことを言ってたなあ、って思い出した」

田辺のお母さんは小学校の教師で、専門が社会科らしい。地域関係の授業にも力を入れている、と聞いたことがあった。

「なるほどなあ。たしかにそういう話は大学や講演会じゃ聞けないからなあ。話がうまい人もいるだろうし。地元の人同士は話してるんだろうけど、外から来た人にそういう話が伝わるのはいいことかもしれない」

羅針盤の安藤さんも話がうまい。お店で断片的に聞くだけじゃなくて、もっと長く聞けたら、と思う。町の人の経験が外の人に伝われば、記憶の継承にもつながるだろう。

「まあ、ただ、町の人のお話、っていうだけだと真面目(まじめ)で地味な印象だから、郷土史に興味がある人しか集まらないっていうのはあるかも。だから人を呼ぶにはもっとなにか仕掛けが必要になるかもしれないけどね」

「宣伝、告知も必要だよなあ。サイト作るとか、ＳＮＳで発信するとか。僕はどうもそういうことに疎(うと)くて……」

「苦手だからできない、とか言ってたら、稼げないよ」

田辺が笑った。

「そうだな。四の五の言ってる場合じゃない。できるようになればいいんだ」

「そういうこと」

「わかったよ、ありがとう。実現できるかわからないけど考えてみる」

僕にはできないことがたくさんある。だから、学ばなければならない。生きていくためには自分のできることを広げる努力が必要なんだ。

「今日は疲れたな。そろそろ寝よう」

田辺があくびをしながら言う。朝から外で活動していたからだろうか。布団にはいると眠気が襲ってきた。田辺が電気を消し、すぐに眠りに落ちた。

5

モリアキ

声がした。目を開く。部屋のなかは暗い。だが、雨戸を閉じていたから時間はわからない。少し身体を起こし、枕元(まくらもと)に置いたスマホを見ると、まだ深夜だった。

田辺は寝入っている。

モリアキ
ふたたび声がした。この家の声。最初に聞いたのと同じ声だった。答えたいけれど、田辺に聞かれるわけにはいかない。そっと起きあがって部屋を出た。音を立てないように階段をのぼり、二階の守章の名の書かれた棟木のある部屋にはいる。

「この前も言ったけど、僕は守章じゃないんだ」

小声で言う。

「ソウダッタ」

家が言った。

「デモ、ニテル」

月光荘よりずっと流暢だが、話し方は少し似ている。

「守章は僕の曽祖父です。もうずっと前に亡くなりました」

「キヨカラ、キイタ。ヒトハ、ミンナシヌ」

「そうですね。みんないつか死にます」

僕は言った。家はなにも言わなかった。

「守章はどんな人だったんですか?」

「ソウ。オナジカオ。コエモニテル」

声も。そうなのか。なんだか不思議な気がした。でも僕が知りたいのは外見ではない。なんだろう、守章の性格？　仕事ぶり？　そんな言葉が家に通じるかわからないが、人となりが知りたかった。

「守章は家を建てる人だったんですよね」

「ソウダ。ソレカラ、イエヲナオス」

「直す？　修理する、ってことですか？」

「イシャトオナジ。コワレタラ、ナオス。トキドキ、ヨウスヲミル」

医者と同じ。まあ、大工だから修理もするだろうけど……。

「モリアキハ、ヤサシイ」

家にやさしかったのか。会ったことのない曽祖父だが、そう言われてうれしかった。

「サビシイ。モリアキニ、アイタイ」

家の声に言葉を失う。会いたい。だから僕を守章とまちがえたのか。

「ごめん、もう守章は」

「シッテル。ヒトハ、ミンナシヌ」

家がみしっと音を立てた。

「でも、喜代さんは言ってた。人は死んだら家になるんじゃないか、って。家の世界があって、そこに行けるんじゃないか、って。守章はそこにいないんですか？」

「ワカラナイ」

わからない、とはどういうことだろう。家にも家の世界のことがすべてわかるわけじゃない、ってことか。

「家の世界ってどんなところなんですか」

家は答えない。

「白い世界ですよね。僕も一度行ったことがあります。夢だったのかもしれないけど」

月光荘で見た夢を思い出してそう言った。

そのとき、遠くからかすかにざあざあという音が聞こえてきた。雨のような、海の波のような音。そうしてふわりと白いものが立ちこめた。

あのときと同じ。月光荘で見た文鳥(ぶんちょう)の夢と。遠くから聞こえるあの波のような音は、喜代さんが話していた蚕の音かもしれない。白いなかにぼんやりした影のような姿があらわれる。

あの夢のときもそうだった。あちこちにゆらゆらとこういう人影がゆれていた。いま目の前を歩いているのは、この家なのかもしれない、と思う。

「イコウ、モリアキ」

家の声がした。僕はその影のあとを追った。僕は守章じゃない。だが、それはもうどうでもいいことのように思えた。

長いこと歩いた。

ときどき別の影があらわれ、影たちの会話が聞こえた。だがそれは人の言葉ではないらしい。なにを言っているのか聞き取れない。

ずいぶん長い時間が経（た）った気がした。

風鈴（ふうりん）のような音が聞こえた。なぜか月光荘のことを思い出し、家に話しかける。

「あの……月光荘を知ってますか？」

「ゲッコウソウ……」

家がつぶやく。ふんわりしたなにかに包まれた気がした。

「シッテル」

家の声がした。知ってる？　知っているのか？　どうして？

そう訊こうとしたとき、目が覚めた。

もとの部屋の布団のなかにいた。外は暗いが、田辺の姿はない。襖(ふすま)に少し隙間が空いていて、そこから細い光が差しこんでいた。

もう朝なのか。

あれは夢だったのか。しばらくぼうっとしてからそう思った。

布団のなかにいたということは、二階にあがったのも夢。じゃあ、家の声がしたのは？あれで目が覚めたと思っていたが、あの声も夢だったのか。

田辺はもう起きているんだろう。立ちあがり、簡単に身支度を整えて襖を開けた。

あかるい。さっきまで半分夢の世界にいるようだったのに、日差しを浴びたとたん、夢の名残(なごり)がぱらぱらと崩れ、散っていった。

「起きたのか」

台所に行くと、田辺がいた。

「ごめん。寝坊した」

「いや、ぐっすり寝てたから声かけなかったんだ」

「まあ、まだ八時前だから、寝坊ってほどじゃないだろう。悟史もついさっき起きたばかりじゃないか」

流しに立っていた敏治さんが笑った。

「今日は夕方までいられるんだよね？　ちょっと留守番を頼んでもいいかな。じいちゃんが買いたいものがあるらしくて、午前中、ホームセンターまで行ってくる。そのあいだ家にいてくれれば……」

「それはもちろんかまわないよ」

むしろ願ってもないことだった。喜代さんが起きてくれれば、ふたりきりで話ができる。

「助かる。じゃあ、まずは朝ごはんだな」

田辺は喜代さんの様子を見に行き、喜代さんを背負って戻ってきた。気分がいいからこちらで朝食をとるらしい。田辺と僕はごはんと昨日の呉汁の残り、喜代さんは敏治さんの作った粥（かゆ）を食べる。

「ところで、ホームセンターになにを買いに行くんですか」

すでに朝食を終え、お茶を飲んでいた敏治さんに訊く。

「いや、昨日みんなの話を聞いてたら、なんだか久しぶりに畑でなにか作りたくなって。肥料と種を買いに行こうかと」

「そうなんですね」

なぜかあかるい気持ちになって、僕はうなずいた。

「ここ数年畑にも出なかったんだけど、なにか育てていた方が生活に張りが出るかもしれない、と思ってね。痛めた腰も治ってきたし。といっても、前みたいにはできないからね。簡単なものをちょこっとだけ。ナスは喜代も好きだし、あとはエダマメくらいかな」

敏治さんの言葉に喜代さんもにこにこしている。

「ずいぶん放ったらかしにしてたし、たがやすところからはじめないといけないけど。悟史も手伝ってくれる、って言うから」

「うん。なんか、石野じゃないけど、陽菜さんのところの畑仕事がけっこう楽しくてさ」

田辺が笑った。

「じゃあ、僕も少し手伝うよ」

「え、いいのか？」

「すまないねえ、泊まってもらったはいいけど、こき使うばっかりで」

敏治さんが笑った。

食卓を片づけると、田辺と敏治さんは買い物に出かけていった。

喜代さんに頼まれ、座椅子を縁側に運んだ。喜代さんをおぶって、座椅子に座らせる。紙のように軽い、と思い、その頼りなさに胸が締めつけられた。

「昨日の夜はよく眠れましたか？」

喜代さんが訊いてくる。

「はい。すぐに眠ってしまったんですけど、途中で目が覚めて。家の声がしたんです。あ、でも、全部夢だったのかもしれない」

「家の声が？」

「モリアキって呼ばれて。田辺に聞かれないように部屋を出て、二階にあがって、棟木のある部屋で話しました。曽祖父のことをいろいろ訊いたりして。そのあと、真っ白い世界に行って……。目が覚めたらもとの部屋にいた。歩いて戻った記憶はないから、最初から夢だったのかもしれないです」

「家とお話ししたのも？」

「それも二階にあがってからですから。だからあれも夢のなかだったのかも」

「家はなんて言ってたの？」

「僕と似てる、って言ってました。守章さんのこと。顔だけじゃなくて、声も。それから、家を建てたり直したりする人だって……」

「じゃあ、話したのはほんとのことなんだと思う。わたしも家からそう聞いたから」

「でも、二階にのぼった記憶はあるけど、おりた覚えはないんですよ。二階に行ったのは夢だったとしか……」

「それで、白い世界に行った……?」

「はい。なかにはいって、影みたいな人に会って……。みんな笑ったり話したりしていたけど、なにを話していたのか、全然わからなかった。あの世界をずいぶん遠くまで歩いた気がするんですが」

不思議なことにそのあたりはまったく思い出せない。溶けてしまった雪みたいに、あとかたもなかった。

「たぶんね、白い世界を歩いていたとき、身体の方も歩いてたんだと思います。それでもとの場所に戻ったんだと。わたしもそういうことが何度かあった」

「そんな……。ずいぶん長かった気がしたのに。あれが二階から下におりてくるまでのあいだだったってことですか?」

「うーん、そうやって正確に対応してるものじゃないんだと思う。それより、あの世界の夢を見たのに、朝よく起きられたわね。わたしは一度行ってしまうと、二、三日戻ってこられないことが多くて」

喜代さんが微笑む。そういえば田辺から、子どものころの喜代さんはよくそうやって何日も眠り続けていた、という話を聞いていた。

「向こうでいろんなものと話したり、いろんなことを聞いたりするの。でも、起きるとなにも覚えてない。白い世界に行った、ってことだけ」

「そうですね、僕も全然覚えてません。それに、影たちはなにかしゃべってた気がするけど、わけのわからない言葉で、ひとつもわからなかった」

「覚えてないけど、頭からすっかり消えてしまうわけじゃ、ないみたい。ときどきふっと思い出すこともあるし、話していたことがあとでわかるときもあるの。夢のなかではわからなかったはずなのに、ふいにわかる。あのとき話した影が自分の亡くなった兄だった、とか。わけのわからない言葉だと思っていたけど、わたしの名前だった、とか」

喜代さんが深く息をついた。

「わかるのはたいてい、ずいぶん時間が経ってからだけどね」

「そうなんですね」

じゃあ僕も、昨日聞いたことを理解できるときがいつか来るのだろうか。

家は、昨日の夜あれだけしゃべっていたのに、今日はしずかだ。

あれはほんとに起こったことなのか。僕はあの世界のなかで歩いて、階段をおりて床に戻ったのか。最後のふんわりした感覚は布団だったのか。それとも全部夢だったのか。

白い世界のことを思い出そうとしても、あの波のような音しか思い出せない。

そういえば『硝子戸の中』に、漱石も子どものころ「昼寐をすると、よく変なものに襲われがちであった」と書いてあった。自分の指が見る間に大きくなったり、天井が上からおりてきて胸をおさえつけたり。

記述から金縛りのようなものにも思えるが、それが全部夢か、半分だけほんとうなのかわからない、とあった。

そもそも、夢とはなにか、ほんととはなにか。

喜代さんの白い髪が日差しできらきら光っていて、これもまた夢ということもあるかもしれない、などと思った。

田辺と敏治さんが帰ってきて、みんなで昼食をとると、喜代さんは眠ってしまった。僕たち三人は畑に出た。軍手をはめ、黙々と雑草や小石を取りのぞく。正直、陽菜さんのところの収穫作業よりきつかった。

その日は土を整えるところまでで終わり。このあと耕運機を使って耕し、畝を作る。種をまくのはそれから。敏治さんは、やっぱりしんどいなあ、とぼやきながらも、にこにこと楽しそうだった。

結局そのまま夕食までご馳走になり、田辺の車で川越まで送ってもらった。田辺は敏治さんが畑仕事を再開したことがうれしいようで、でもあんまり無理させないようにしないとなあ、と笑っていた。

6

連休が明けて大学へ。木谷先生の授業を受けたあと、修論の文献を探しに図書館に行った。『硝子戸の中』や『道草』にまつわる論文が大量に見つかったので、ひとつずつ読み、必要なものはコピーを取った。

論文とのにらめっこに疲れ、本棚をながめながらぶらぶら歩くうち、民俗学の棚の前に出た。そういえば大学一年のときに受けた民俗学の授業で、柳田國男（やなぎたくにお）が書いた蚕についての文章を読んだな、と思い出した。

全集の背を目でたどる。どうしてこんなにたくさん書けたのだろう、と思う。日本民俗学の祖とされる人ではあるが、当時は紙にペンで書くしかなかったのだ。それでこの量の書物を著（あらわ）した。

修士論文ひとつで青息吐息になっている僕からしたら信じられない。どれだけの気力があればそんなことができるのだろう。そんなことを思いながら、当時読んだ「遠野（とおの）物語」

と「妹の力」がはいっている巻を探した。

それまで民俗学に特別関心はなかったのだが、あの授業はけっこうおもしろかった。まず、「遠野物語」という題名に惹かれた。遠野はもちろん地名だが、自分の苗字と同じだからだ。

「遠野物語」は遠野地方出身の民話蒐集家で小説家、佐々木喜善が語った遠野地方の伝承を柳田國男が編纂したものであり、柳田の初期三部作のひとつに数えられる。

そこには巫女が石になる話や、神隠しやザシキワラシ、女をさらう猿、川童、マヨイガなどなど不思議な伝承がいくつも記されている。

「遠野物語」が発表されたのは一九一〇年、東京と遠野では人々の意識もだいぶちがっていたのだろうが、いまから百年ちょっと前の人々の見ていた世界がこのようなものだったのかと思うと、ただ驚く。こちらがほんとうの世界で、僕たちが見ているのは竜宮城のようなまぼろしなのではないか、という気持ちになった。

その授業を受けるまで、僕は遠野という場所があることさえ知らなかった。だがそのときの話があまりにもおもしろかったから、はじめてのひとり旅の行き先に岩手を選んだのだ。盛岡、花巻から列車で遠野に向かい、遠野で二泊した。

あのとき見た風景はいまも忘れることができない。自転車を借りてめぐったキツネの関所、古道跡、伝承園、駒形神社、早池峰古道、馬っこつなぎ、常堅寺、カッパ淵、阿部屋敷跡、デンデラ野。

民話の里、日本の原風景などと言われることも多いようだが、人がいまよりずっと死に近かったころの暮らしがそこかしこに見え、だがその仄暗さにたまらなく惹かれた。仄暗いがあたたかい。遠く、生きるものの叫びが聞こえてくるようだった。

旅には文庫の柳田國男全集を持っていった。もちろん全部を持っていくことなどできないから、「遠野物語」がはいっている四巻と、そのあと民俗学の先生に勧められた「妹の力」がはいっている巻の二冊だけである。

「遠野物語」には、オシラサマは馬と夫婦となった娘の伝承のなかに出てくる。馬と娘が愛し合い、それに怒った娘の父親が馬を桑の木に吊りさげて殺す。それを知った娘が馬の首にすがりつき、父親が馬の首を切り落としたところ、馬の首が娘を乗せて天に昇る。それが神となったのがオシラサマだと言う。

旅の途中、伝承園で千体のオシラサマが展示されているのを見た。農業や馬の神とされるオシラサマだが、同時に養蚕の神であると聞いた。

柳田に遠野の伝承を語って聞かせた佐々木喜善による『聴耳草紙』では馬と娘の物語の後日譚があり、娘が両親の夢にあらわれ、蚕を桑の葉で飼うことを教え、これが養蚕の起源になった、という話があるらしい。

本をぱらぱらめくっていると、「妹の力」と同じ巻におさめられている「巫女考」には、オシラサマはイタコなどの口寄せと関係しており、「馬と蚕の話などは後に来てオシラ神に附着（ふちゃく）したのかも知れぬ」などとも書かれていた。

口寄せ。死者の霊の口を寄せる。

これは家の声を聞くことと関係があるのだろうか。

ふいにそう思いつき、心がざわざわした。

本によれば口寄せは女の力のようである。喜代さんはともかく、曽祖父の守章や僕は男だから、口寄せができるとも思えない。

そこまで考えたところで本から顔をあげ、窓の外を見た。日差しのなかに学生たちが歩いていくのが見えた。

なにを考えているのだろう。これはむかしの伝承じゃないか。少し笑いそうになる。闇（やみ）がめずらしくなった現代では、霊があらわれることはむずかしくなった。

ああ、だけど。喜代さんの紙のように軽い身体を思い出し、なにがほんとうかわからない、と思う。現に僕には家の声が聞こえるのだから。喜代さんと出会ったことで、それはゆるぎない真実になった。

神や霊や妖怪、むかしの人はそれらを信じ、おそれていた。この百年で世界は変わったけれど、それ以前の長いあいだずっと人々が信じていたものを、まぼろしだった、存在しないものだった、となぜ断言できるか。

こんなことを考えている場合じゃない。今日は論文を探しにきたんじゃないか。閉館時間までに必要なものは借りるなり、コピーするなりしないと。

あわててさっきまで資料を広げていた机に戻り、作業に戻った。

閉館ぎりぎりまで作業を続け、図書館を出た。カバンのなかは借りた本と論文のコピーでぱんぱんになっている。月末には木谷先生に研究計画書を提出することになっているから、それまでにこの資料を読みこんで、整理しなければならない。

池袋(いけぶくろ)から電車に乗る。ちょうど急行がやってきたところで、座ることができた。重いカバンを膝(ひざ)に抱えると、電車のゆれも手伝って、眠気が襲ってきた。

なぜか田辺の家にいた。階段で二階にあがるとそこには蚕がたくさんいて、細く白い糸を吐いている。繭(まゆ)になるのではなく、糸はふわふわと宙を漂って、あたりがだんだん白くなっていく。

ああ、家と行ったあの白い世界の靄(もや)のようなものはこうやって作られていたんだな、と思う。糸にふれるときらっと光り、その瞬間声が聞こえた。意味のわからない、言葉の断片のようなもの。

それがすごく大事なもののような気がしてつかもうとするが、手をのばすとさあっと光になって溶けてしまう。だめだ、だめだ、僕はあれをつかまないと。手をのばそうとしたとたん、身体がぐらっとゆれて目が覚めた。

知らず識らず、眠っていたらしい。糸にふれたときに聞こえた言葉は、さっきまで読んでいた論文に出てきた一節だった。図書館でのできごとがいろいろ混ざって夢になったのだろう。田辺の家で見たようなものではない、ふつうの夢ということらしい。

しかし、蚕の糸と言葉というのはどこか自然な結びつきに思える。言葉は言の葉。つまり葉っぱである。蚕は桑の葉を食べる。言の葉を食べて、それを体内で糸にして自らの口から吐く。語るというのはそういう行為かもしれない。

そんなことを考えるうちに、田辺の家でのできごとがするするとひとつながりの糸になっていくのを感じた。

書きたい。いま生まれてくる言葉をなにかに書きつけたい。カバンのなかのノートとペンを取り出し、つらつらと浮かんでくるイメージを書き留める。頭のなかで、田辺の家のある川島町が、むかし訪れた遠野に置き換わっていく。

言葉の浮かんでくるスピードが速くて、ペンで書くのが追いつかない。飛び飛びにメモ書きにしているうちに川越の駅に着く。ノートとペンをがさっとカバンに突っこみ、あわてて電車を降りた。

頭のなかに書きたいことがもつれた糸のようにあふれていた。その糸を言葉に置き換え、ひとすじにのばしながら川越の町を歩いた。ほかのことを考えないように、町の風景も見ずに、黙々と。

月光荘にたどり着くと、荷物を床にころがしたままノートパソコンに向かった。電車のなかでメモした文を打ちこみ、駅から歩くあいだに考えた文章を追加していく。僕があまり集中しているからか、いつもは暗くなると話しかけてくる月光荘も口をきかなかった。

川島町の描写からはじまり、知人の家を訪れ、養蚕の話を聞く。その夜、蚕の波のような音に誘われ、かつて蚕を飼っていた部屋にあがる。そこには白い世界があって、なかを歩いていると遠野の、仄暗い道にいる。

道ですれちがう影のような人たちは、みな「遠野物語」で読んだ不思議な物語に出てくる人や異形（いぎょう）のものたちで、それこそがほんとうの世界のように思えてくる。いつのまにか草の茂った丘の上にいる。

ここは、デンデラ野だ。

遠野に行ったとき、デンデラ野にも行った。「遠野物語」にも記される姥捨の地である。

　昔は六十を超えたる老人はすべてこの蓮台野へ追いやるの習いありき。老人はいたずらに死んでしまうこともならぬゆえに、日中は里へ下り農作して口を糊したり。そのために今も山口土淵辺にては朝に野らに出づるをハカダチといい、夕方野らより帰ることをハカアガリというといえり。

「遠野物語」にはこう記されている。デンデラ野に送られた老人も、すぐに亡くなることはなく、昼間は里へおりて農作業を手伝い、食べものを分けられてまたデンデラ野に戻る、ということだ。

姥捨山という言葉から想像するような山奥ではなく、実際のデンデラ野は見渡しのいい丘のような場所だった。ぽかぽか日差しがあたり、人里にもすぐにおりられる。

復元された小屋もあった。だが、それはほんとうに貧しく簡易なもので、寒さがしのげたとは思えない。年老いた人たちが、ここで一冬越せたとは思えない。

口減らし。むかしは生きていくのはたいへんなことで、弱い者は死ぬしかなかった。災害や飢饉ともなれば多くの人が死んだ。村が滅びることもあった。電気ガス水道の整ったいまのような町が実現されてから、まだ百年も経ってない。

僕たちの住む町が蜃気楼のように思える。

草原に腰をおろし、なぜか涙が出た。

ここに来た人たちはどんな夜を過ごしたのだろう。

死とはなんなのだろう。

あの旅でずっと感じていた思いが目の前でちらちらゆれる。命の根幹につながってぶらぶらゆれる灯のような、形のない思い。それが消えたら死んでしまうような、僕が生きるための力。

もう少しだ。もう少しであれに手が届く。書いていると逃げ水のように遠く、その灯がゆれている。そこに向かって手をのばす。だがいつまで経っても届かない。

なんでこんなものを書いているのだろう、と思いながらも止まらなくなって、最後、あかるくなったもとの部屋に戻ってくるところまで一気に書いた。


目が覚めると座卓の横に丸まっていた。机の上にはノートパソコンがあり、帰ってきて熱に浮かされたように文章を書き綴り、そのまま寝落ちしたのだ、と気づいた。

なにをやっているのだろう、僕は。計画書作成に備えて論文を読まなければならないのに、結局ひとつも読まないまま朝をむかえてしまった。

おそるおそるパソコンを見ると、そこにはたしかに文章が綴られている。

なんなんだ、これは。

あきれてため息をついた。エッセイとも言えない。途中からすっかり空想の物語になっている。といって、妄想だけが綴られたもので、小説とも言いがたい。

なぜだろう、こんなものをなぜあんなに必死に書き連ねていたんだろう。疲れていたのか、論文からの逃避か。苦笑いして下におり、顔を洗う。

今日は大学はない。一日地図資料館の番をしながら論文を読もう。

パンとコーヒーの簡単な朝食をとりながらそう決意した。


あれを書きあげたことで憑きものが落ちたのかもしれない。それからはなぜか頭がすっきりして文献に集中することができた。週に一度は図書館に行って別の文献を借り、家で文献を読み進めつつ、論文の構想を練った。

月末が近づいたころ、帰りの電車のなかでメッセージの着信音が鳴った。安西さんからだった。新井のリーフレットの原稿はどうなっていますか、と書かれている。

あっ、と声をあげそうになる。新井のリーフレットの原稿。すっかり忘れていた。

今度の雑誌刊行は六月半ば。安西さんたちはもうリーフレット作りをはじめていて、先の美里さんの農園体験を中心に、べんてんちゃんやお母さんの桃子さんの紹介で連休中に川越の町なかの店にも何軒か取材に行ったらしい。

今回は修論の計画書作成があるから取材は手伝えずにいたが、安西さんから前回好評だったから、僕のエッセイもまた掲載したい、と言われていたのだ。どうしよう。まだなにも書いていない。

電車を降りてすぐ安西さんに電話をかけた。論文で頭がいっぱいだったことを告げ、まだ書けていない、と謝った。

「それで、計画書提出まであと二日しかなくて……」

歩きながら言った。

「木曜ということですよね。こちらの締め切りは金曜なんですけど……」

「金曜……」

「ほかのページを進めておくので、月曜までは待てます」

安西さんが言った。週末をはさめばなんとかなるだろうか。疲れ切っていてなにも思いつかない気もするけど……。

そのとき、この前書いた正体不明の文章のことを思い出した。

いや、それはさすがに……。すぐに首を横にふる。この前のは駄文とはいえ、かろうじて川越の風景を書いたエッセイということはできた。だが今回のは……。あれはさすがに公開できるものではないか。しかし、ほかになにも思いつかない。

「あの、安西さん」

おそるおそる呼びかける。

「実は、連休明けに書いたものがひとつあるんだけど」

「え、そうなんですか、そしたらそれを……」

「いや、でもちょっと問題があって、まずちょっと長いんです。この前の川越の夜の話の二、三倍ある」

「そうなんですね。そこまで長いとレイアウトを工夫してもちょっとはいらないかもしれませんが。でも、そういうことなら二、三回に分けてもいいんじゃないでしょうか。美里さんに訊いてみないとわかりませんけど、リーフレットは基本毎号お送りするものですし、連載形式になっていても大丈夫なんじゃないかと」

連載……。あれが何回にもわたって掲載される。うーん、と頭を抱えた。

「いや、やっぱりやめた方がいいかも。長さも問題だけど、内容が……。なんていうか、ちゃんとしたエッセイじゃないんだ。この前のがちゃんとしたエッセイになってるかもわからないけど、それよりはるかに非現実的だし」

「非現実的？　どういう文章なんでしょう？」

安西さんが戸惑ったように言った。

「田辺の家に泊まったときの話で、ああ、それ自体、川島町の話だから、川越の宿のリーフレットに適切かわからないんだけど」

「それは大丈夫ですよ。今回は美里さんの農園の話が中心ですし、川島町も含めて、っていう展開なので」

「そうか。いや、でも、とにかく内容がちょっとおかしいんだ。熱に浮かされていたとしか思えない。喜代さんから聞いた養蚕の話を考えているうちに、話が柳田國男とか『遠野物語』の方に飛んでしまって」

「え～っ、おもしろそうじゃないですか。もしかして、遠野先輩も青野先生の授業、とってたんですか？」

安西さんから予想外の答えが返ってきた。

「ああ、安西さんもあの授業、とってたんだ。そうそう、あの授業で聞いた『遠野物語』の話がおもしろくて、ひとりで遠野をめぐったくらいで」

「そうなんですか。ちょっと読んでみたいです」

「あ、いや、でも、そういうちゃんと調べて書いたものともちがって……。どっちかっていうと僕の妄想っていうか」

しどろもどろになる。

「ますますおもしろそうじゃないですか」

安西さんはなぜか逆に興味を持ってしまったみたいだ。

「この前の川越の夜の話も、途中、ちょっとあやしい方に行きかけるじゃないですか、夜の町を歩いているうちに、怪談っぽい世界に引きこまれそうになる、っていうか。美里さんも豊島さんも、あの続きを読みたいよね、って言ってたんです」

「え？」

「とにかく、その原稿を送ってくれませんか？　読んでみて、これはちょっと、ってなったら、この週末にあたらしいものを書いてもらうしかないんですけど」

安西さんが有無を言わせない口調になる。

「わかった。いままだ外なんだ。家に着いたらとりあえずその原稿を送るよ。ダメだったらはっきり言ってほしい。あたらしいものを書くから」

あたらしいものが書ける自信もないが、そう答えるしかなかった。

たい、とある。

翌日、安西さんからメールが来た。原稿がとてもおもしろかったから、こちらを掲載し

まさか、と目を疑った。

安西さんによると、美里さんも豊島さんも内容をすごく気に入って、絶対に載せたい、と言っているらしい。ただ、やはり長すぎるので、二回に分けたい。それと気になる箇所や誤字じゃないかと思うところがいくつかあったので、指摘を入れたものをあとで送るから、週末に手直ししてほしい、と書かれていた。

参ったな、と思った。しかし、一度出したものを引っこめることはできない。ただでさえ迷惑をかけているのだ。

計画書の提出日も迫っている。あれこれ考えるのはやめて、修論の作業に取りかかることにした。

7

前の晩は徹夜になったが、なんとか研究計画書をまとめることができ、疲れ切った身体

で大学に向かった。木谷先生は赤ペンを握り、僕のレジュメをなにも言わずに読んだ。ところどころに赤ペンでなにか書きこんでいる。

緊張した。連休中の面談で大筋の方向はよしとされたが、テーマがぼんやりしているとか、調べが足りないとか、こういう研究はすでに存在している、なにか致命的なまちがいをしていると指摘されるかもしれない。

びくびくしながらただじっと待つ。窓の外のカエデの木の葉がゆれている。この前まで若葉だったのに、もうだいぶ葉が大きくなり、色も濃くなった。もうすぐ六月。夏休みまでにできるだけ論文を進めておきたい。

この論文を書き終わったら卒業。この校舎ともお別れになる。まだしばらく月光荘に住めるかもという話だったから、木谷先生と会うことはできるが、これまでと同じではない。仕事のこともちゃんと考えなければ。

安西さんのことを思い出し、ずいぶん変わったなあ、と思う。はじめて会ったときは自信がなく、頼りない感じだったのに、浮草の店長になってからどんどん強くなっている。いや、もともと芯はしっかりしていたのに、それが表に出ていなかっただけなのか。

僕の方はなにも変わっていない。あいかわらずただふわふわと生きているだけ。仕事につけば、なにかに責任を持てば変わるのだろうか。

「遠野くん」

木谷先生の声がした。

「計画書、読みました。細かいことはいろいろあるけど、大枠はこれでいいですよ」

先生はいつになく真顔で言った。

「ほんとですか?」

「テーマもしぼれているし、これなら迷子になることもないだろう。来週まで預かって、細かいところを見ておきますが、先行研究の検討はもうはじめてください」

「わかりました。ありがとうございます」

「論文はただ漫然と読むだけじゃ、ダメだよ。批判的な視点も大事だ。これは何度も言っていることだけど。あと、遠野くんの文章は論文じゃなくて、ちょっと……エッセイみたいになってしまう傾向があるからね。しっかり論証することを心がけてください」

先生が微笑む。それでちょっとほっとして、力が抜けた。

「わかりました。気をつけます」

エッセイみたいになってしまう傾向がある。卒論のときにも何度か指摘されたことだった。最初に立てた課題設定から逸れてしまいがちなことも。

卒論のときはその癖を直さないと、といたずらにあせったが、いまはそうでもない。自分は基本的に研究者には向かない、と割り切っているのもある。

もちろん修士論文はどうあってもまっとうする。論文を書かなければ見えないことがあると思うから。だがそのあとは、ただ本を読むだけでいい。研究するのではなく、ただ読む。本の世界が自分のかたわらにある。それだけでいい。

「ところで遠野くん、この前話していた月光荘のことなんだけど」

木谷先生の言葉に、また緊張が走る。そういえば島田さんと相談するという話だった。大丈夫だろうか。月光荘に住み続けるという件、許されなかった、ということは……。

「ああ、月光荘の管理人の件は大丈夫だから心配しないで。島田も、遠野くんに続けてほしい、って言っていた」

ほっとして息が漏れる。

「よかったです。住めなくなったらどうしようかと」

思わず本音が出てしまい、木谷先生はくすくす笑った。田辺や沢口、安西さんの姿を思い出し、ひとりで生きていくことができない自分を情けなく思った。

「ただ、島田からちょっと提案があってね。月光荘に……いや、遠野くんにも影響することだけど」

「なんでしょう?」

「月光荘を建て直してから、島田もいろいろ思うところがあったらしいんだ。いずれ自分が住むことがあるかもしれないが、いまの生活を考えると、それはずいぶん先の話。いまの仕事を定年になってからなんじゃないか。でも、それまで月光荘を眠らせておくのはもったいない、町のために役立てたい、って言うんだ」

「町のために……」

「もともと、月光荘をああいう古い形のままにしたのは、川越の景観を思ってのことだった。住むことが優先だったら、もっと別の形があっただろう。でも、最初はそこまでしか考えていなかった。改修が終わったあとの利用法について具体的な案はなかったんだ」

「それで木谷先生の地図資料館に……」

「そう。地図資料館にしたのも最初は思いつきだったんだが、島田は満足していてね。でもそれ以上に、君たちがこれまでおこなってきたワークショップに関心を持ったみたいなんだ」

島田さんはこれまでのワークショップや展示などに必ず一度は足を運んでくれていた。

「最初はこんなふうに人を呼ぶのは島田さんにとっては迷惑なんじゃないか、と心配してたんですけど、毎回よかったと言ってくださって」

「僕も、島田が君たちの企画したイベントを認めてくれるのは善意というか、がんばっているのを応援したい、ということなのかな、と思ってたんだ。だけど、島田はもっと積極的に、それが町のためになる、と考えてたみたいで……」

「町のために？」

「ここ数年で川越を訪れる人はだいぶ増えたけど、大部分は通りすがりで、町の景観を見ただけで去ってしまう。それはほんとうに川越に住む人たちを豊かにするのか、しあわせにするのか。島田はそういうことを考えてたみたいで」

「豆の家の佐久間さんや新井の美里さんも同じようなことをおっしゃってました」

「町の活性化には観光も大事。だけど建物だけ古くても、なかにはいっているのがチェーンのテナントでいいのか。町の人もやってくる人をもてなすだけでいいのか。だから、町の人や何度も川越を訪れている馴染みの人が楽しめる場所があった方がいい。楽しめるといってもレジャーじゃなくて、学びのある場所がいい、と」

　学びのある場所。それこそが自分の目指すところだ、と感じた。

「レジャーはそのとき楽しむだけだけど、学びっていうのは常にその先がある。興味を持てば、どんどん深く、広く、掘っていける。勉強は大学で終わり、って時代でもないしね。志があれば一生楽しむことができる」

「僕もそう思います。それで、島田さんの提案というのは？」

「うん。島田はいずれ月光荘の二階をイベントスペースにしたい、って考えてるみたいなんだ。もちろん、すぐにじゃない。はじめるからにはじっくり下準備する。ただ、そういうスペースにするためには箱だけあっても仕方がない。運営する人が必要だ」

「運営……？」

「イベントを企画したり、スケジュールを管理したり、宣伝したり、という実務をおこなう人が。島田も仕事があるから自分ではできない。それで、遠野くんの川越で働きたいという意思を伝えた。島田はだったらぜひ遠野くんにまかせたい、と」

「え」

驚きで思わず口から声がこぼれた。

「別に、いま管理人をしてくれているからっていう適当な理由じゃないんだよ」

木谷先生はそう言って笑った。

「島田はこう言ってた。これまでのイベントが成功していることもあるけど、遠野くんと月光荘になにか縁のようなものを感じるって。遠野くんが住むようになってから、建物の雰囲気が変わった。月光荘が生きているように感じる、って」

月光荘が生きている……。

「変だと思うかもしれないが、僕も似たことを感じるんだ。月光荘を訪れるたびに」

木谷先生が笑った。

月光荘が生きている。その言葉がじわじわと胸のなかに広がった。

ええ、ええ、そうなんです。月光荘は、生きてるんです。

心のなかでそう唱える。

「これまで通り月光荘の管理をまかせ、イベントで利益が出れば給料も出す。はじめのうちは修士課程まで出た人にふさわしい額は出せないかもしれないけど、当面住むところは保証する。あやふやな道だが、ここに賭けてみないか、と」

「はい。ぜひ……ぜひお願いしたいです」

声がふるえた。

「本格的にイベントスペースとして運営することになれば、二階をすべて一間にするかもしれない。そのときには遠野くんには月光荘を出てもらうことになるかもしれないけど、月光荘の管理人はそのままま かせる。住みこみじゃ、なくなるけどね」

月光荘を出ても、月光荘とかかわり続けることができる。たしかに安定しているとは言いがたいが、自分の進みたい道、そのものだ。

「今年は修論もあるから、並行して少しずつイベントスペースとしての準備をはじめる、って感じでどうかな。もちろん修論もちゃんと書いてくれよ」

木谷先生が笑った。

「はい。ありがとうございます」

深く頭をさげた。

月光荘に帰るとふうっと力が抜け、畳に寝ころんだ。

「ここで働く……」

ぼうっとつぶやき、寝返りを打つ。

「モリヒト」

月光荘の声がした。

「ああ、ただいま」

そう答えて、目を閉じる。

「モリヒト、ベンキョウハ？」

「今日はもうしないよ。一段落ついたんだ」

ずっと月光荘なりに気をつかっていたんだろう。僕がベンキョウしているときはあまり話しかけてこなかった。

「ヨカッタ。ズット、オワラナイノカトオモッタ」

「まあね、まだこれからも続くけどね。でもとりあえず一段落だ」

作業はこれからの方がたいへんだろうけど、でも方向が決まったことで気持ちは楽になった。ぼんやりとだが卒業後の仕事の形が見えてきたことも、僕の心を軽くした。

役に立ちたい。役に立たなくちゃ。

木谷先生と島田さんのためにも。川越の町の人の役に立てるようになりたい。

「僕はここで働くことになりそうだよ」

ぼそっと言った。

「ハタラク？」

月光荘が訊いてくる。

「生きていく、ってことだよ」

「イキテイク？」

月光荘はよくわからないみたいだ。これでは説明になってない。いまとどうちがうのか、わからないだろう。だが、くわしく説明する元気はなかった。

「また今度、ちゃんと話すよ」

ああ、眠い。今日こそはちゃんと布団で寝ないと……。

その前にメールをチェックして……。もう安西さんから指摘のメールが来ているかもしれない。でも、もうそれは明日にしよう。

眠くてたまらなかったが、なんとか身体を起こし、着替え、歯を磨き、布団を敷く。ようやくふつうの生活に戻れそうだ。布団にはいると、丸窓から空が見えた。

「オヤスミ」

月光荘の声がした。

「おやすみ」

そう答えて、目を閉じた。

第二話

影絵とおはなし

1

六月にはいってすぐ、木谷先生の立会いのもと、島田さんと月光荘の今後について話し合った。

いま「浮草」でおこなっている活版印刷のワークショップのこと、「庭の宿・新井」の美里さんが考えている宿泊者対象の体験ツアーのこと、市民を講師とした学びの場というアイディアを話すと、島田さんはなるほど、と言って大きくうなずいた。

「前に月光荘で開催した切り紙のワークショップも盛況だったよね。そういえば、神部さんのプロジェクトの方はどうなっているのかなあ」

紋切り型を使った切り紙のワークショップを仕切ってくれたのは、木谷ゼミの卒業生、笠原先輩だった。笠原先輩は川越の老舗「笠原紙店」の息子で、大学を卒業後しばらくIT系の企業で働いていたが、昨年会社を辞め、いまは紙店の手伝いをしている。

神部さんは笠原先輩の会社員時代の上司で、大の紙マニアである。和紙で有名な小川町の出身で、脱サラして紙の店を開くために資金を貯めていた。

「笠原先輩の話では、神部さんももう会社を辞めて、いまはお店を開く準備をしているそうです。お店の場所を川越か小川町かで迷っているそうで……」

「川越か小川町？　てっきり都内かと」

島田さんが少し驚いたように言った。

「そうなんです。最初は都内で探していたらしいんですが、いろいろ物件を見ているうちに、東京に店をかまえようとするとどうしてもビルの一室のようなところになってしまって、面積もあまり望めない。そういうものではなくて、お店の雰囲気を丸ごと楽しんでもらえるような空間にしたい、という気持ちになってきたそうで……」

「なるほど……」

「伝手があって、川越の一軒家を買う、という話も出ているみたいです。蔵造りとか町家ではないけれど、昭和の雰囲気のある古い戸建てで、場所は喜多院の方だとか」

聞いた話では仙波日枝神社の裏、二軒家と近い場所だった。

「二階建てで、小さな庭もあるそうですよ」

「へえ、いいなあ。たしかにそういうところだと、東京の町なかで品物を見るのとは気分がちがうだろうね」

木谷先生が言った。

「広いから、紙漉きのワークショップなんかもできるかも、とおっしゃってました」

「なるほど。小川町、っていうのは？」

島田さんが訊いてきた。

「神部さんはもともと小川町の出身なので、こちらは親戚の伝手らしいです。小川町和紙体験学習センターからも近いですし、川沿いの趣のある建物だそうで……」

「小川町和紙体験学習センター？」

「小川町の駅から徒歩十分くらいのところにある施設です。昭和十一年に建てられた和紙の研究施設を移築したもので、本格的な紙漉き体験ができるとか」

「その近くに店を出すのはいいかもしれないね。関連施設があれば集客を見こめる」

「でも、やはり川越の方が観光客は多いですから。笠原先輩は、神部さんのお店は和紙限定ではなく海外の紙も多い、だから和紙の産地にこだわらなくてもよいのでは、と。川越なら先輩のお店もありますし」

「小川町って川越からどれくらいだっけ？」

木谷先生が訊いてきた。

「電車で四十分くらいだったと思います」

「けっこうかかるんだね」

「そうですね、でもたとえば新井の宿泊客だったら、初日に川越観光、一泊して小川町まで足をのばして紙漉き体験をして、というような形もあり得ると思います」

「お店が川越になっても小川町になっても、新井の企画とからめられそうだよね」

島田さんが言った。

「浮草の活版印刷のワークショップともからめられると思います」

「和紙を使った名刺が刷れるってこと？」

島田さんが訊いてくる。

「はい。この前、田辺と考えたんです。月光荘でワークショップを開催するのも大事ですが、店と店をつなぐハブ的な役割を果たせたらいいんじゃないか、と」

「ハブ？」

「新井、浮草、豆の家、笠原紙店、神部さんの店……。ワークショップや体験ツアーを考えている店はいくつもあります。でも、それぞれの店のできることも、告知できる範囲もかぎられている。そういったものをつないで、紹介できる場所があれば……」

「ああ、なるほど」

「宿やお店だと、自分のお店での体験や、どこかに行くツアーを組むことはできても、専門家にそれにまつわる講演をしてもらう手配まではなかなか手がまわらないでしょう。その部分を月光荘が受け持つんです」

「それはいいね」

島田さんがうなずく。力強い、生命力にあふれた目だ。はじめて会ったときもそう感じたのを思い出した。

「まずは企画を少しずつ立てていこう。いまの伝手で可能なプランを作りつつ、伝手を増やす。べんてんちゃんっていったっけ、松村(まつむら)菓子店のお嬢さんや新井の店主はみな地元出身だし、伝手も多いだろう」

「そうですね。協力してもらいます」

桃子(ももこ)さんにお願いして、「町づくりの会」の人にも紹介してもらおう。人づきあいは得意じゃないけれど、なにかをするためには人とつながらなければならない。

「レクチャーに関しては、僕も協力できると思うよ。大学にはさまざまな分野の専門家が集まってるからね。おもしろい人もたくさんいる。テーマによっては講演をお願いできるだろう」

木谷先生が言った。

「まず木谷自身が講演してくれよ。地図と文学の話とか」

島田さんが笑った。

「いやあ、僕は……」

先生はなにか考えているような顔になる。

「川越が舞台の作品は研究したことがないからなあ」

「川越の町にある歴史的建造物を解説つきでまわる、みたいな企画もいいかもしれないですよね。『町づくりの会』の人にお話をお願いしてもいいかもしれませんし」

「そういえば、月光荘の丸窓の謎の話もおもしろかったなあ」

木谷先生が天井を見あげる。

月光荘の二階には建てられた当時、丸窓があった。しかし以前の改築でその窓はふさがれてしまった。それが「羅針盤」の安藤さんの話がきっかけでかつては丸窓があったことがわかり、安藤さんのお父さんが撮った写真をもとに丸窓が再現されたのだ。

「古民家を改築する話自体もおもしろいですからね。日本の伝統工法の話とか。前の晩に事例を紹介する講演会を開いて、次の日に建物をめぐれば、ただ見学するのとはちがう学びがあるはずだ」

「それはおもしろそうだねえ。地図資料館にも川越の地図はいろいろあったから、時代による川越の土地の変遷を紹介しながら、町の人に建物のうつりかわりについて語ってもらってもいい。それなら僕も協力できそうだ」

木谷先生が微笑んだ。

その後、具体的な運用方法を相談し、いきなりほかの店や宿との連携企画はむずかしいから、まずは少しずつ月光荘での単独イベントをおこなって、イベントスペースの運営に慣れようということになった。

イベントスペースの運営に特別な資格は必要ないらしく、島田さんが税務署に開業届を出し、手続きをしてくれた。島田さんとふたりで川越菓子屋横丁会や、近隣に住んでいる人たちにあいさつに行き、使用時間などの取り決めを交わした。

浮草やべんてんちゃん、新井の美里さん、羅針盤の安藤さんに豆の家の佐久間さんなど知人にも声をかけ、夏休みになる前にいくつかのイベントがおこなわれた。月光荘が主催するものはまだ数が少なく、場所だけ貸して企画から宣伝まで外部の人がおこなうものがほとんどだったが、ぽつぽつと企画がはいるようになった。

浮草の常連さんによる読書会や笠原紙店の紙細工教室。二軒家の件で知り合った綾乃さんの日本茶講習会も開いた。綾乃さんは駅ビル内のお茶の店で働いているが、日本茶インストラクターの資格を持っていて、前からお店でお茶を販売するだけではなく、お茶を飲む豊かな時間を提供したい、と考えていたらしい。

チケットもべんてんちゃんに教わって、ネットで販売できるようにした。お客さまの評判も上々で、口コミでほかからもスペースを貸してくれ、と頼まれるようになった。

修論を執筆しながらイベントスペースの運営なんてできるのだろうか、と最初は少し不安だったが、まだイベント自体が少ないのでそこまで忙しくはない。

場所貸しの場合は、内容の審査や準備の段階で何度か打ち合わせが必要になることもあるが、イベントがはじまってしまえばなにもすることがない。イベント中は二階での作業はできないから、階下のキッチンに場所を移して論文執筆をおこなうこともあった。

ときおり二階から笑い声が聞こえてきたりして、これまでの月光荘の声しかしない暮らしとは少し変わったけれど、人がいるのはいやじゃない。月光荘も楽しそうだったし、人の気配があたたかく、かえって気持ちが落ち着くような気もした。

―― 2 ――

六月の終わり、浮草の安西（あんざい）さんが新井のリーフレットを持ってやってきた。僕のエッセイもどきも掲載されている。

安西さんは、エッセイというより小説ですね、美里さんも豊島さんもすごく気に入っていたみたいですよ、と言っていたが、僕はいたたまれなくなって、ちょっと見ただけですぐに閉じてしまった。

「それと……」

安西さんがなにか言いかける。

「月光荘でイベントを開きたい、っていう人がいるんです」

「イベント？　どんなイベントなんですか？」

「朗読です。女性四人のグループで、川越を中心にもう何度も朗読会を開いている人たちなんです。次の朗読会の場所を探していたので、月光荘を紹介したんです。写真を見せて、うちの店の読書会も開いたことがあると言ったら、関心を持ってくださって……」

安西さんによると、「ちょうちょう」という名前の朗読グループで、はじめての朗読会のときにプログラムの印刷を「三日月堂」に頼んで以来、ずっとチラシやプログラムを三日月堂で刷っているらしい。その伝手で浮草の安西さんたちと知り合ったのだ。

「楽器を入れた演奏会だと音量的に問題が出るかもしれませんけど、朗読だけなら大丈夫だと思いますよ。朗読会ってどんなものなんでしょうか。行ったことがなくて」

「ちょうちょうの朗読会、豊島さんと一度聞きにいったことがあります。不思議な雰囲気があって、新鮮でした。ただの読み聞かせとはちがうんです。四人で役割分担して読む感じで……」

「朗読劇のような?」

「ええ、でも、歌とも演劇ともちがうんですよ。声の力だけでこんなに世界が広がるんだ、ってちょっとびっくりしました」

　木谷先生は、寄席の講談や落語は語りの力だけで観客を楽しませることができる、と言っていた。むかしは語り部と呼ばれる人がいたくらいだから、声だけの表現というのは物語の原初の形でもある。

「朗読も素敵なんですけど、告知に力を入れたり、会場選びも凝っていて。もう何回も公演しているので、常連のお客さまもいるみたいですよ。わたしたちが行ったときも満席でした。だから集客は大丈夫だと思います」

　場所貸しは有料だから、お客さまがはいらないと主催者は困るだろう。集客は問題ないということならこちらも安心だ。

「実は、この前たまたまちょうちょうの人といっしょに三日月堂に行くことになって、途中、月光荘に寄ったんですよ」

「え、そうだったんですか」

「別の学生さんが留守番していて、先輩はいらっしゃらなくて。でもそのとき、彼女も建物の雰囲気をすごく気に入って、ここで朗読会をしてみたい、って」

「となると、あとはスケジュールと利用料金ですね」

「はい、利用料金についてはわたしの方からも説明して、その額なら問題ない、というお話でした。ただ、何日か連続で利用したい、というお話だったので……」

「連続で？」

「はい。演劇のような感じで、平日の夜に何日か公演して、週末は昼夜二回公演という形を考えているとか。八月を希望されてるんですが、月光荘のほかのスケジュールもあると思いますし、むずかしいでしょうか」

「いえ、休日は埋まっている日も多いですが、すべてではないですし。平日はほとんど空いてますから、週によりますが、たぶん大丈夫です」

「そうですか、よかった」

「ちなみに、演目はもう決まっているんですか？」

「まだみたいです。でも、八月の夜だから少しひんやりするようなお話がよいかも、とおっしゃってたような……」

安西さんが首をかしげた。

「少しひんやりするような話って、怪談とか？」

「わたしもそう思って訊いたんですけど。ほんとの怪談は自分たちにはまだちょっと、って。ちょうちょうの師匠にあたる黒田(くろだ)先生という方が、毎年夏の夜に川越の『kura』で怪談の朗読をしているらしいんですよ。それがめちゃくちゃ怖いらしくて。自分たちにはああいう迫力は出せないから、って」

たしかに語りだけですべてを表現するから、相当な熟練が必要なのだろう。

「それで、一度実際に夜の月光荘のなかを見て演目も決めたい、という話になって」

「そうですね、そういう会だと会場をどう作るか、とか、照明のこととか、実際に見ないとわからないと思いますし。まずは一度お越しいただくのがよいですね」

すでに安西さんが先方の都合を取りまとめてくれていたようで、次の土曜の夜に来てもらうことになった。


土曜日の夜、安西さんといっしょにちょうちょうのメンバーがやってきた。

二階にあがり、電気をつける。

「うわあ、いいお部屋ですねえ」

「あの丸窓もいいなあ」

「思ってた通り……。雰囲気ある」

四人は口々に言って、部屋のなかを見まわした。

小学校教師をしている美咲（みさき）さん、遊園地の園内アナウンスの仕事をしている遥海（はるみ）さん、子ども英語教室の講師をしている愛菜（まな）さん、図書館司書の小穂（さほ）さん。職業はばらばらだが、みな二十代後半で、川越のカルチャーセンターで開かれている黒田敦子（あつこ）さんという朗読の先生の講座で知り合ったらしい。

黒田先生の勧めでちょうちょうというグループを結成したのはいまから四年前のこと。仕事の合間に練習し、年に二、三回朗読イベントを開催してきた。美咲さんが教師のため、イベントは春休み、夏休み、冬休みに開くことが多いらしく、次は記念すべき十回目の公演にあたるのだそうだ。

これまではいつも公演は休日の一日、あるいは昼夜の二公演のみだったのを、今回は平日の夜に何日か通しでおこなってみたい。愛菜さんはそう考えているらしい。

「演劇だとたいてい何日か続けて公演があって、初日と最終日だと演技が変わってたり、みたいなことがあるんですけど、これまではいつも一日きりで、もったいないと思ってたんです。そこまで人が集まるか不安ではあるんですけど、十回目でもありますし」

愛菜さんが言った。大学時代演劇部にいたそうで、ちょうちょうのなかでは演出を担当している。四人のなかで役割分担が決まっているようで、愛菜さんは演出、小穂さんは本の選定とリーフレット作り、遥海さんはサイトやSNSの告知、美咲さんは練習のスケジュール管理と場所取り。

愛菜さんは朗読の演出だけでなく、会場の照明や音響、舞台装置などの計画も立てていて、今後月光荘とのやりとりも愛菜さんが中心になるようだった。

「朗読って、舞台装置まであるんですか？」

少し驚いて愛菜さんに訊いた。

「いえ、大がかりなセットとかはないんですけど。でもちょっとした映像を流したり、色のついた照明を使う、とか」

「家庭用のプラネタリウムを使って、天井に夜空を映したこともあったよね」

遥海さんが言った。

「演劇じゃありませんし、そこまで予算がないので凝ったことはしませんが、朗読者の衣装を統一したり、舞台に小物を置いたり……。お客さまが物語の世界にはいりやすくなるように、ちょっとした工夫はするようにしてます」

「ここはこの電球だけで、専用の照明機材はないんですが、それでも大丈夫でしょうか？マイクもありません。近隣の問題もあるので」

「マイクは大丈夫です。わたしたちもいつもできるだけ素の声で朗読するようにしてるんです。照明も、この電球におもむきがありますし、特別なものはなくても……」

愛菜さんが言った。

「舞台装置はどーんとゴージャスにするか、椅子ひとつにするか。中途半端がいちばんよくないって、前に愛菜、言ってたよね」

遥海さんが愛菜さんに問いかける。

「うん、ここはこの部屋そのままで雰囲気あるから、これを生かすのがよさそう」

小穂さんがうなずく。

「そうだね、みんなで畳に座って聴く感じがいいと思う」

美咲さんはそう言うと畳に腰をおろした。

「こうやって座ってみると、また部屋の見え方が変わるね。落ち着く……」

「ほんと?」

遥海さん、小穂さん、愛菜さんも美咲さんの近くに座った。

「ふわあ、いい。おばあちゃんちにもちょっと似てる」

遥海さんが笑った。

「もし可能なら、ぜひお借りしたいです。日程は八月の前半くらいで、平日の夜数日と土曜日を続けて取れる日があれば……」

　愛菜さんが言った。

「家主に確認しますが、朗読会という企画は問題ないと思います」

「よかった」

　四人ともほっとしたように顔を見合わせた。

「あとは日程ですね。すでにイベントがはいってしまっている日もあるので」

　タブレットでスケジュールを確認する。

「第一日曜と、第二土曜はまだ空いてますね」

　カレンダーを見せながら言った。

「この二週目の火曜日の丸は……？」

　美咲さんが訊いてくる。

「こちらは木谷ゼミの夏休み研修です。昼間おこなうものなので、夜は空いてますよ」

「いつにする？　一週目の土日は黒田先生の朗読会だったよね」

　小穂さんが言った。

「じゃあ、二週目がいいんじゃない？　先生の朗読会で宣伝してもらえるかも」

「まるまる一週間はさすがにちょっと長いよね」

「そうだよねえ……」

しばらく四人で相談が続く。

「そしたら、水曜からにしようか。水、木、金と夜にやって、土曜は昼夜二回公演」

愛菜さんが指を折って数える。

「うわあ、それでも合計五回。そんなにお客さん、来てくれるかな」

遥海さんは自信なさげな顔になる。

「何日かやってると、前の回に来たお客さんが広めてくれたりするんだよ。一日公演だとそれがないでしょう？　前からもったいないって思ってたんだ」

愛菜さんの言葉に、みんな黙って考えこむ。

「やってみようよ」

ややあって、小穂さんが小さく、だが力強い声で言った。

「回数って大事だと思うんだ。お客さまの前で読むと、こっちの気持ちも変わるじゃない？　練習のときにはわからなかったことが見える。これまでは、あ、なんかつかんだ、と思ったところで終わりになっちゃってた。ひとつの演目でくりかえし公演すると、これまでとはちがうものがつかめる気がする」

「そうだね。お金はかかるけど、その分集客をがんばればいいんだよね」

「わかった」

美咲さん、遥海さんもうなずいた。

「じゃあ、水曜から土曜まででお願いします。平日は夜七時開演と考えて、六時から九時まで。土曜はお昼から半日で……」

美咲さんが言った。

「わかりました。とりあえずカレンダーに入れておきます。正式な決定は家主に相談してからになりますが、まずは利用規約に目を通していただいて……」

タブレットを美咲さんに手渡す。

「あと、夜の企画ということで、終了後にあまりがやがやすると苦情が出るかもしれませんので、その点だけご注意ください」

「わかりました」

美咲さんがうなずいた。

「大丈夫そうで、よかったです」

それまで少し離れたところで様子を見ていた安西さんがやってきた。

「ここで朗読会をしたら、とても素敵だと思います」

「ええ、そうですね。ワークショップや講習会もいいですけど、こういう雰囲気のある企画がはいると、また可能性が広がる気がしますし」

いちおう島田さんの確認は取るが、この内容ならまず大丈夫だろう。朗読会。映像を流したり、照明や小道具を使ったりすることもあるという話だったし、想像していたより凝ったもののようだ。

それにメンバーの四人の表情が生き生きしていて、この活動に熱心に取り組んでいることがよくわかった。朗読を続けているだけあって、声も魅力的でそれぞれ個性がある。どんなものができるのか楽しみになってきた。

「ところで、朗読会の演目はどうされるんですか？」

僕は訊いた。

「実は、まだ相談中なんです」

愛菜さんが答え、小穂さんと顔を見合わせる。

「ひんやりした雰囲気のものを、という話を安西さんから聞いたんですが」

「はい。でも、怪談は無理なので、漠然と、少し不思議な雰囲気がある話、と考えているのですが」

「夏目漱石（なつめそうせき）の『夢十夜（ゆめじゅうや）』とか？」

思いついて言ってみた。

「ああ、『夢十夜』、いいですよねえ」

小穂さんが微笑む。

「去年の夏の朗読会で読みました。ああ、たしかにここの雰囲気に合いそう」

「遠野さんも『夢十夜』、好きなんですか？」

遥海さんが訊いてくる。

「ええ、僕はいま修士二年で……。夏目漱石で修論を書いている最中なんです」

「漱石で修論！　そうだったんですね。漱石のどの本ですか？」

小穂さんが目を輝かせる。図書館司書で、ちょうちょうのなかでも本の選定を担当しているという話だから、きっと本好きなのだろう。

「『硝子戸の中』です。『硝子戸の中』を中心に、前後の『こころ』と『道草』をつなごう、という構想で」

「『硝子戸の中』、わたしも好きです。読みやすいけど深く染みこんでくるところもあって」

小穂さんが目を閉じる。

「でも『夢十夜』は去年読んでしまったんですね」

僕は訊いた。

「そうなんです。掌編は朗読しやすいですから。長い作品だとお客さまも途中で飽きてしまうし、端折るともとの文章の味が出ない」

「黒田先生なら古典でも読みこなせるけど、わたしたちはまだとても無理だし……」

遥海さんが笑った。

「でも、せっかくここで読むんだから、現代じゃなくて、近代の作品の方がいいよね」

美咲さんが言った。

「たしかに。なんかいいものないかなあ」

遥海さんが天井を見あげる。みんな、うーん、と首をひねった。

「あの、小川未明はどうですか？」

そのとき、安西さんの声がした。

「遠野先輩、前に浮草で小川未明の童話集と絵本を買ってくれたことがあったじゃないですか。あのとき話したことをなんとなく思い出して……」

「ああ、『赤いろうそくと人魚』……」

記憶がよみがえってくる。あれは安西さんとはじめて会ったときのことだった。

「『赤いろうそくと人魚』……。ここに似合いそうですね」

小穂さんが言った。

「どんな話？　名前は聞いたことがあるけど、読んだことない」

遥海さんが言った。

「悲しい話だよ。いまの子どもたちが読んでいるようなあかるい童話とは全然ちがう」

美咲さんが答える。愛菜さんもうなずき、物語のあらましを説明した。

北の海の人魚が身ごもり、子どもはにぎやかな人間の町で育ってほしい、と願う。海辺の町の神社に子どもを産み落とすと、ろうそく職人の老夫婦がその子を拾う。子どものいなかった老夫婦は、神さまからの授かりものとして人魚を大切に育てる。

人魚は成長し、人魚がろうそくに描く絵が評判となって、老夫婦の店は繁盛する。神社にそのろうそくを奉納することが漁の安全の祈願ともなった。だが、やがて人魚の評判を聞きつけた香具師が老夫婦をそそのかし、人魚の娘は売り飛ばされてしまうのだ。

そうしてある晩、色の白い女が老夫婦の店にやってきて、娘の残した赤いろうそくを買っていく。その後、海が大荒れするようになり、町も滅んでしまう。

怪談ではないが、おそろしい。人の愚かさが、胸にせまってくる。

「長さもちょうどいいと思うし、『赤いろうそくと人魚』、いいような気がする」

「夏の夜の朗読会にぴったりだね」

小穂さんと美咲さんが言った。

「そしたら、『赤いろうそくと人魚』を中心に小川未明の作品でまとめようか」

愛菜さんの言葉にみんなうなずいた。

僕にとっても願ってもないことだった。前に僕が『小川未明童話集』を読んでいたとき、なぜか月光荘も興味を持ち、読んでくれ、とせがんだ。だから声に出して読んだ。朗読と言えるようなものではない。ぼそぼそとしたただの音読。それでも月光荘はじっと聴いていた。

今度はしっかりした朗読で聴けるのだ。月光荘も喜ぶだろう。

演目は四人で相談し、決まったら連絡します、と言って、五人は帰っていった。

3

ひとりになって、僕は本棚から『小川未明童話集』を取り出した。ぱらぱらとページをめくりながら、この本を買ったころのことを思い出した。

あのころは水上(みなかみ)さんもまだ生きていて、安西さんは浮草でバイトしている大学生だった。だが医者から余命宣告を受けていた水上さんが、自分が死んだあと浮草を継いでほしい、と安西さんに頼んだのだ。

水上さんが亡くなったあと、安西さんは浮草の店長になった。実際には、浮草の土地と建物は水上さんの古い友人で、小さな出版社を営む岩倉さんという人が継いだ。浮草の経営も岩倉さんがおこない、安西さんは店長として雇われているという形だ。

大きな買い取りなどの仕事は岩倉さんの会社のスタッフが手伝ってくれているようだが、ふだんの店は安西さんと豊島さんで切り盛りしている。

そういえば、『小川未明童話集』を買ったあと、安西さんと和ろうそくの店に行ったんだっけ。「赤いろうそくと人魚」を読んだあと、偶然高澤通り沿いの和ろうそくの店を見つけて、安西さんを連れていったんだ。

引き出しをあけ、残っていた和ろうそくを取り出す。やわらかい色によい香り。洋ろうそくは蠟を型に流し入れて固めるが、和ろうそくは芯に蠟を重ねがけして太くしていくのだ、とお店の人は言っていた。

芯はイグサと和紙と綿。蠟の原料は櫨の実。植物の蠟は石油系の蠟より融点が低いので、炎は洋ろうそくより暗いオレンジ色になる。溶けた蠟は芯に吸いあげられ、垂れることがほとんどない。蠟を残さずに燃え尽きる。

和ろうそくのお店に行った帰り、安西さんの家の事情を聞いた。

安西さんは女ばかりの四人姉妹の末っ子。長女の典恵さんは優秀だが厳しい性格で、気が弱くて自己主張が苦手な安西さんになにかときつく当たっていた。次女の友恵さんも典恵さんと似たタイプ、三女は典恵さんと合わず海外に留学し、現地で就職した。

安西さんは上の三人とちがって、本を読んだり絵を描いたりするのが好きで、将来は表現者になりたいと考えていた。人と話すのが苦手で就活がうまくいかず、典恵さんからは企業が無理なら公務員になれ、と強く言われていた。

実は数年前から安西さんのお父さんは病気で入院しており、医療費はお父さんの貯金でまかなっていたものの、一家の生活費は典恵さんが支えている状態だった。典恵さんからしたら、安西さんにもきちんとした職についてほしかったのだろう。

安西さんは家に居場所がなかった。母親は安西さんに似たタイプでやさしかったが、力がない。夫と長女にしたがって生きてきた。就職活動もままならず、追いつめられてしまっていた安西さんを救ってくれたのが、浮草の水上さんだったのだ。

水上さんと出会うことで、安西さんは自分にもできることがある、と思えるようになったんだと思う。それは、僕がはじめて月光荘に来たとき、受け入れられた、と感じた気持ちと少し似ているような気がした。

ともかく、安西さんは結局浮草で働くことを選び、典恵さんから距離を取るために浮草の二階に引っ越してきた。浮草で働くようになって、安西さんもずいぶん変わった。

ものしずかではあるが仕事はしっかりこなしているし、新井のリーフレットの件では得意のイラストを生かし、責任を持って着実に仕上げている。家と距離を取ったことは、安西さんにとってはいいことだったんだと思う。

だが、問題が解決したわけではない。典恵さんはあいかわらず安西さんが古書店で働いていることをこころよく思ってはいないようだ。

お父さんも余命わずかとなり、最近病院を出て自宅療養になった。お母さんは休むひまもなく、心身ともに疲れている。安西さんも浮草が休みの日に実家に戻っているらしい。浮草の休みは平日なので、昼間なら典恵さんと顔を合わせることがない。

たまった家事を片づけながらお母さんの話を聞く。次女の友恵さんは休みの日に父の世話を手伝っているようだが、典恵さんは見向きもしない。最近は家に帰ってきても、自室にほとんど閉じこもっている。

家の雰囲気はどんどん悪くなり、なんとかしたいと思うが、自分が帰っても典恵姉さんが口をきいてくれるとも思えないし、と安西さんは言っていた。

かつて強かった父親は、典恵さんのテストの成績が思わしくないと、答案を床に投げ捨てた。成長し、社会人になった典恵さんは安西さんの描いた絵を額ごと床に投げ捨てた。額は折れ、絵は破れた。前にそんな話を聞いた。

厳格で強い父親につきしたがっていた家族。父が弱り、長女が代わりに父親の役割を果たす。強くなった長女は父が弱ったことで、かつての恨みをおさえることができなくなる。そういうことなのかもしれない。

そこから逃げるしかなかった安西さんを責めることはできない。でも、完全に逃げることもできないのだと思う。家族だから。

僕にはもう家族と呼べる人はいない。遠野の祖父母と暮らしていたときしあわせだったかと問われると、やはりそうは言えない。祖父母が悪人だったとは思わないけれど。

——ヒト、カナシイ。

月光荘に「赤いろうそくと人魚」を読み聞かせたとき、月光荘はそう言った。人、悲しい。その通りだ。そばにいながらなにもできない。そのことがどうにも苦しくて、そっとろうそくをしまった。

島田さんから朗読会の承諾を得ることができて、ちょうちょうにも連絡した。

七月にはいり、論文執筆のかたわら、月光荘の貸し出しの申し込みを受ける日々が続いた。月光荘オリジナルの企画案もいくつか考えた。

ひとつは建築士の真山(まやま)さんや、「町づくりの会」の人たちによる「川越建物めぐり」。べんてんちゃんのお母さん、桃子さんに町づくりの会の人を紹介してもらい、日曜の午後に打ち合わせをおこなった。

最初に出たのは、川越の古民家を解説つきでめぐる一日ツアーというアイディア。だが、ただ建物をめぐるだけだったらふつうの観光でもできる。もっと深く知りたい人のためのコースもほしいよね、という話になり、いくつか案が出た。

ひとつめは改修作業体験。さらに上級コースとして、古民家の改修作業に毎月一度立ち会い、作業を手伝いながら改修の工程を最初から最後まで見学するというもの。実際にある古民家について、グループで再生プロジェクトを立ててみるというもの。

そこまで専門的だともはや体験とかワークショップの範疇を超えている。参加人数もかぎられるだろう。だが「町づくりの会」の人たちは意欲的だった。いっしょに未来を作る体験をしたら町の見え方が変わるのではないか。準備には時間がかかるが、いつか実現したい、と言っていた。

とりあえず、この夏に何度か古民家めぐりツアーを開催することになった。コースは三種類。蔵造り・町家コース、洋館コース、昭和の建築コース。昭和の建築コースには二軒家の改修作業見学も含まれている。

お盆の時期に開催し、いずれもツアーの前に月光荘でレクチャーをおこなう。くわしい日程やレクチャーの講師も決まり、宣伝の方法も検討した。

町づくりの会の人たちとの打ち合わせが終わったあと、べんてんちゃんと桃子さんに誘われ、べんてんちゃんの家で夕飯を食べることになった。

べんてんちゃんの家は松村菓子店という老舗で、熊野（くまの）神社の近くにある。カステラがおいしいと評判の店だ。店舗の横の細い道を抜けると、べんてんちゃんの家族が暮らす住居がある。通りに面した店舗は古い造りのままだが、奥の住居はふつうの家だ。

玄関からはいって奥の居間へ。前にも何度かお邪魔したことがあり、勝手はわかっている。桃子さんとべんてんちゃんが会合に出ていたこともあり、べんてんちゃんのお父さんの徹二（てつじ）さんとお姉さんの果奈（かな）さんが夕食を作ってくれていた。

和菓子職人である徹二さんは料理もうまいようで、きれいに盛りつけられたお刺身と、夏野菜の煮浸し、果奈さんの作った豆腐グラタンが食卓にならんだ。

桃子さんとべんてんちゃんは、町づくりの会の人との会合のことや、月光荘の今後について楽しそうに説明している。果奈さんもあいかわらず元気で、ときどき突っこみを入れたりしてにぎやかだ。

徹二さんは女性陣にくらべてものしずかだが、みんなの話をにこにこ笑いながら聞いている。僕も自分に話がふられたら話すけれど、基本は徹二さんと同じようにずっと聞き役。でも、みんなの話を聞いているのは楽しかった。

にぎやかで、あかるくて、心がほっとあたたまる。

遠野の家はこうじゃなかった。祖父はいつも不機嫌であまりしゃべらず、祖母も僕も黙々と食べた。無言だが圧迫感があり、いつも息がつまりそうだった。

でも、もし僕が子どもらしくあかるくふるまっていたら。前にここに来たときは記憶の奥底にある風間の家のことばかり考えていたが、いまは僕が遠野の祖父母にとってあかるい灯のような存在になれたかもしれない、という思いにとらわれた。

祖父母に叱られながらも僕が臆さず笑顔で、学校でのできごとなどを楽しそうに話していたら、あの家の食卓も少し変わったのかもしれない。結局、祖母も祖父もさびしい気持ちのまま亡くなっていった。

安西さんと同じように、僕も川越に来て自由になった。まわりの人たちがさしのべてくれる手に気づくことができるようになり、自分の力で歩いていこう、と思えるようになった。だが、うまく関係を結べなかった遠野の祖父母とやり直せるわけではない。

「そういえば、月光荘で朗読のイベントあるんですよね?」

べんてんちゃんに訊かれ、我にかえる。

「うん。安西さんの紹介で。『ちょうちょう』っていって、川越で活動している女性四人の朗読グループなんだ」

「はい、安西先輩からも聞きました。三日月堂さんとも関係あるとか」

「そうみたいだね。はじめての朗読会でプログラムの印刷を頼んでからずっと三日月堂さんに印刷をお願いしてるって言ってた」

「あ、もしかして、メンバーに学校の先生、いませんか？」

果奈さんが言った。

「あ、いらっしゃいます。小学校の先生がひとり。中谷美咲さん、だったかな」

「やっぱり。そうそう、中谷先生。うちの保育園の保護者の方がそんな話をしてたんです。お兄ちゃんがもう小学生で、その方は小学校の読み聞かせサークルにはいっているらしくて、サークルのみんなで中谷先生の朗読会を見に行った、って」

果奈さんは川越で保育園の先生をしているのだ。さすが桃子さんの血を引いているだけあって、果奈さんも事情通である。

「上のお子さんが中谷先生が担任しているクラス、っていうお母さんもいて、今度いっしょに行きましょう、って誘ってた。クリスマスの朗読会は子ども歓迎で、親子連れのお客さんばかりだって」

「そうなんですか。今回は夜の月光荘が会場で、大人向けの雰囲気のようです。読むのは小川未明だから童話なんですけど……」

「赤いろうそくと人魚」は、いまの子どもは怖がるだろうか。それともむかしの話だと思って案外平気なのだろうか。

「月光荘で小川未明を読むの？　素敵ねえ。わたしも聞いてみたい」

桃子さんが身を乗り出す。

「そっか、お母さんもむかしは読み聞かせサークル、はいってたもんね」

べんてんちゃんが言った。

町づくりの会に、読み聞かせサークル。顔が広いわけだ。

「あのときのお友だちとはいまでもつきあいがあるの。なんだかんだで話が合うのよね。朗読会、いつなの？　みんなを誘って行ってみようかな」

「八月の二週目の水曜から土曜までです。毎日夜の七時からで……」

はじめは最後の土曜日は昼夜二回公演という話だったが、夜の方が雰囲気が出るということで、土曜も夜だけにすることになったのだ。

「そんなにやってるんだ。それだったらわたしも行けるかも」

果奈さんも言った。

「お父さんもいっしょに行こうよ」

「いや、でも文学のことはわからないし、小川未明って言われてもさっぱりで……」

徹二さんがたじたじとなる。

「大丈夫だよ。童話だし、聞いてればだれでもわかる内容だから」

「わかったよ」

徹二さんは少しもごもごと口ごもりながら言った。

「それにしても、月光荘のイベントはどれも楽しそうだねえ。建物の話の方も興味がある。わたしも川越に長く住んでいるが、意外と地元のことは知らなかったりするからね。桃子はあちこち訪ね歩いて勉強してるみたいだけど、歳を取るとどうしてもあたらしいことへの感覚が鈍る。ここらでちょっと感性を磨いておかないとな」

「そうだよお。お父さん、仕事終わるとうちでテレビ見てるだけだもん」

果奈さんが笑った。

「たしかにそればっかりじゃいけないよなあ。遠野くんみたいな若い人を見てると、お父さんももうちょっとがんばらないとって」

徹二さんが苦笑する。

「じゃあ、行こう。公演は夜なんですよね？」

果奈さんが僕に訊いてくる。

「そうですね、七時からの予定です」

「それなら延長保育の担当じゃない日なら大丈夫だし、お店も六時までなんだから、お父さんもなんとかなるでしょ？」

「そうだな……」

徹二さんはまだ少し口ごもっているが、満更でもない表情だ。

結局、日程は未定だが、家族四人みんなで聴きにきてくれることになった。チラシができたらお店にも置く、果奈さんは保育園で宣伝、桃子さんはむかしの読み聞かせ仲間を誘う、と言ってくれた。


その夜、愛菜さんからメールがきた。演目が決まり、「月夜と眼鏡」「野ばら」「眠い町」「牛女」「赤いろうそくと人魚」の五編だと書かれていた。

告知用のフライヤーの原稿も添付されていた。日時や月光荘の場所の表記、こちらからお願いした注意事項などがきちんとはいっているかチェックする。二色刷りの活版印刷で作るらしく、パソコンで組んだイメージ画像も添付されていた。小さなろうそくがランダムに描かれ、そのあいだに文字が配置されている。

ろうそくのイラストは安西さんが描いたものらしい。鉛筆のタッチを生かした素朴なイラストだ。白い紙に、文字とろうそくは黒、ろうそくの上の炎とちょうちょうのマークは朱色で印刷されるように作られている。

隅に配置されたちょうちょうのマークに心惹(ひ)かれた。蝶(ちょう)の翅(はね)を図案化したもので、無限をあらわす∞という記号にも似ている。その下に小さくひらがなで「ちょうちょう」と書かれていた。

単純なマークだが、印象に残る。ふと、月光荘をイベントスペースにするならこういうマークを作った方がいいのかもしれない、と思った。いまはロゴもなく、サイトにも明朝体で「月光荘」と書かれているだけ。マークやロゴがあれば本格的に見えるかもしれない。

月光荘のマーク……。月光荘自体の形がいいだろうか。家の形はあまり写実的でなくてもいい。ただ、二階に丸窓は入れたい。手元の紙に鉛筆で家を描く。単純な形だが、けっこうバランスがむずかしい。

「モリヒト」

月光荘の声がした。

「ソレ、ナニ?」

いつのまにか紙の上に何軒も何軒も家の形がならんでいた。

「これか……。これは、月光荘だよ」

「ゲッコウソウ……？」

月光荘はふっと黙る。

「ニテナイ」

しばらくして、ぼそっと言った。似てない。怒っているのか。ちょっとおかしくなる。だいたい、月光荘は自分の姿を見たことがあるのだろうか。

とはいえ、僕もなんとなくちがう気はしていた。丸窓を入れると鳥の巣箱のようになってしまうし、二階建てに見えるように縦にのばせば灯台みたいになる。

「マークだからね。完全に同じ形じゃなくてもいいんだ」

「マーク？」

「ほんとの形とはだいぶちがうけど、むかしから人間の世界では家はこういう形に描くって決まってるんだよ。で、やっぱり月光荘といったらこの丸窓だよね、二階の丸窓」

月光荘のトレードマーク。この丸い窓が月みたいだから月光荘。

「ソウカ」

月光荘は言った。

「ワカッタ。コレガ、ボク」

ボク？　僕のことか。月光荘が一人称を使ったことに驚いた。僕が自分のことを僕と言っているのを聞いて覚えたのかもしれない。

「そうだよ、これが月光荘」

「ニテナイ。デモ、イイ。モリヒト、ガンバッタ」

月光荘は言った。月光荘がほめてくれたことがなんだかおかしくて、でもうれしかった。月光荘もなぜか満足したみたいで、最初に覚えた「月」の歌を口ずさんでいる。

丸窓の外には夜空が見える。いい夜だな、と思った。

4

愛菜さんから連絡があり、演出を考えるためにもう一度夜に月光荘を見にくることになった。美咲さんたちほかのメンバーは仕事があるので、来るのは愛菜さんだけ。安西さんも興味があるようで、いっしょに来るらしい。

その日は僕も昼間のうちに修論の作業をすませ、早めに軽く夕食をとって、愛菜さんたちを待った。

愛菜さんは月光荘に着くとすぐに二階にあがり、舞台をどこにするか、客席をどう配置するか、ノートに書きながらプランを練っている。

いろいろ考えてみたものの、お客さまはみな下から階段であがってくるので、そちら側を観客席にするしかない。あとは舞台を縦長にとるか、横長にとるか。縦長なら舞台の背景は壁、横長なら窓になる。

「壁を背にするか、窓を背にするか……」

畳に座り、向きを変えながら考えている。

「それって、演出にもよりますよね。今回は映像とかは出さないいんですか？」

安西さんが訊いた。

「プロジェクターとスクリーンは美咲が持ってるんですけど、建物に雰囲気があるから、スクリーンを置くのは合わないかと。この漆喰の壁だとはっきり映らないと思うし」

愛菜さんが答える。

「でも、さすがに一時間半ずっと同じだと、お客さまも飽きちゃう気がして……。この電球の光も風情があるんだけど、途中でなんか変化はほしいかな、って」

愛菜さんが首をひねった。

「あ、そうだ」

僕は和ろうそくのことを思い出し、引き出しを開けた。

「実は和ろうそくがあって……」

ろうそくの箱を取り出す。

「あ、前にいっしょに行った店のですね」

安西さんが言った。

「これが和ろうそくなんですか。芯が太いし、ふつうのろうそくとはちょっとちがいますね。『赤いろうそくと人魚』のろうそくもこういうのだったってことか」

愛菜さんが箱をのぞきこんで言った。

「そうですね、こういうろうそくに絵付けしていたんだと思います」

僕は答えた。

「そうです、前にネットで見たことあります。体験ワークショップをしているお店もあるみたいで……」

安西さんが言った。

「体験、ってことは、自分で絵を描けるってこと?」

愛菜さんが目を丸くする。

「はい。アクリル絵の具で絵付けできるみたいです。むかしは別の絵の具を使ってたんでしょうけど……」

安西さんが答えると、愛菜さんは、そうなんだ、と言ってじっとろうそくを見た。

「朗読の最中、これをつけたらきれいなんじゃないですか」

安西さんが言った。

「え、でも、劇場は火災予防条例があるので火気厳禁で……。舞台上でも裸火（はだかび）を使っちゃいけないはずですよ」

愛菜さんが言った。

「ああ、そうでした。うちも不特定多数の人が集まる施設なので、イベントの際は火気厳禁だって。じゃあ、無理ですね」

島田さんに言われたことを思い出して答えた。

「そうなんですか、残念」

安西さんががっかりした顔になる。

「でも、たしかにこのろうそくが灯（とも）っていたら素敵ですよねえ」

愛菜さんが言った。

「ええ、和ろうそくの炎は洋ろうそくとはちがうんですよ。植物の蠟はパラフィンより融点が低いとかで、洋ろうそくより暗いオレンジ色になるんです。つけてみますか」

「いいんですか？」

「いまはイベント中じゃないですし」

僕はそう答え、下からガスライターを持ってきた。燭台にろうそくを立て、火を灯す。炎がすうっと立ちあがる。天井の電球を消した。

「きれい……」

愛菜さんが吸い寄せられるように炎を見た。あたたかみのある色の炎が、太く、長くのびている。かすかな風でゆらぎ、形を変えた。

「これは、いいですね……。見ていて飽きないです」

愛菜さんが息をつく。

「『赤いろうそくと人魚』のときだけでも、これがついていたら素敵ですね」

安西さんもつぶやくように言った。

「そういえば、前に舞台でかがり火をたく演出があったのを見たことがあります。特別に申請すれば許可されることもあるって聞いたような」

「そうなんですか？　じゃあ、僕の方でもちょっと調べてみます」

僕はろうそくを消し、電気をつけた。

「なんだかろうそくがついてるあいだだけ別世界にいたみたい。魅力的です」

愛菜さんが言った。

「炎は人間の原初的ななにかを引き出すのかもしれませんね」

安西さんもうなずく。

「ろうそくが使えなくても、あかりを使った演出というのはいいかもしれませんね」

思いついて僕は言った。

「あかりを使った演出？」

愛菜さんが首をひねる。

「たとえば、影絵、とか……」

「影絵？」

「さっき、この壁に映像を出してもよく見えない、っておっしゃってたじゃないですか。でも、シルエットだけならくっきり映りますよ」

自分が資料を読むときに使っている電気スタンドを持ってきて、部屋の電球を消した。電気スタンドの光の当たる位置を調節し、手でキツネの形を作る。

実は夜、時間があると、よく月光荘に影絵を見せていたのだ。照明に手を近づけると手が大きくなり、巨大な手が空からおりてくるみたいになる。月光荘はそれを見せると驚いて、モット、モット、とせがんだ。

「なつかしい〜」

愛菜さんが微笑む。安西さんと愛菜さんが鳥やうさぎの形を作って影を動かす。

「これ、楽しいですね。なつかしい感じで、この部屋の雰囲気ともぴったりです」

愛菜さんが言った。

「手で作る影絵だと限界ありますけど、ものを映してもいいんですよ」

調理用のざるをかぶせるとドームにはいったような気分になれるし、文房具を立てると思わぬ形の影になる。前にいろいろ試したことがあった。

「へえ、おもしろそう。遠野さん、よくそんなこと思いつきますね」

安西さんが不思議そうな顔になる。ふつうは小さい子どもでもいないと、そんなことはしないだろう。なんと答えたらいいかわからず、笑ってごまかした。

「でも、いいですね。影と朗読。小川未明の作品の雰囲気にも合ってる気がします」

愛菜さんがうなずいた。

「あらかじめ紙で形を作っておいてもいいんじゃないですか？　ときどきちらっと壁に影が映るだけでも変化が出ると思いますし」

「作品ごとに影絵担当を決めて、朗読三人、影絵ひとりとかにすればある程度凝ったものが出せると思いますし。みんなあまり絵は得意じゃないんですけど……」

「シルエットだけなら、写真からでも作れますし、必要ならわたし、描きますよ」

安西さんが言った。

「ほんとですか？」

愛菜さんがそう言ったとき、電話の着信音が鳴った。

「すみません、わたしです」

安西さんが立ちあがり、部屋の隅に置いてあったカバンからスマホを取り出した。階段の方で壁に向かってしゃがみ、小声でなにか話している。内容はわからないが、ただならぬ雰囲気で、愛菜さんも僕もただ黙って気配をうかがっていた。

なんとなく、家のことではないか、という気がした。お父さんの具合が思わしくない、という話だったし、なにかあったのかもしれない。大事でなければいいのだが、と思っていると、仕事中だからあとでかけなおすね、という声がした。

「すみません」

電話を切った安西さんがこちらに戻ってくる。

「大丈夫ですか？」

心配になって、僕は訊いた。

「大丈夫です。母でしたが、父の容態のことではありませんでした」

「そうですか」

とりあえずよかった、とは思ったが、そう言ってしまっていいものか迷い、口ごもった。

「お父さん、どこか悪いんですか」

愛菜さんが言った。

「医師からは余命数ヶ月と言われていて……。だからすみません、家からの電話だとどうしても気になって」

「いえ、そういうことでしたら当然です。気になさらないでください」

愛菜さんが言った。

「すみません。こちらも仕事があるし、急ぎのとき以外はできるだけメッセージで連絡して、と言ってあるんですが。家で介護しているのもあって、母も気持ちをおさえられなくなってるみたいで……」

「家で？　たいへんですね。不安だと思いますし。帰らなくて大丈夫ですか？」

「はい。わたしが帰ってもどうにもならないこと、と言いますか……」

安西さんはそこで口ごもった。

「すみません、差し出がましいことを訊いてしまって」

愛菜さんが謝る。

「いえ、大丈夫です。わたしは四人姉妹の末っ子で、三女は海外ですが、長女と次女は実家にいるんです。ただいろいろ複雑で……。いまも長女と次女でケンカになってしまったみたいで。むかしは似た者同士で仲がよかったんですけど、父の容態が悪くなってから、ぶつかることが増えたようです」

安西さんはため息をついた。

「家族はむずかしいですよね。少しわかります。わたしは家族を捨てて東京に出てきたようなものなので」

愛菜さんが言った。

「そうなんですか？」

安西さんが愛菜さんを見た。

「うちの両親はわたしが子どものころに離婚してるんです。わたしと妹は母に育てられました。わたしたちは小さかったので、離婚の理由はよく知りません。でも、離婚後も養育費のことでもめごとが続いていましたし、母は働いてましたけど正社員にはなれなくて、経済的にもきつくて……」

愛菜さんが目を伏せた。

「ちょうちょうのメンバーにも話したことないんですけど、母はもともと不安定なタイプで、耐えられなくなるとわたしたちに当たっていたんですね。とくに長女のわたしに。わたしはそこから逃げたくて、東京の大学に出て、そのまま東京で就職したんです」

　そう言って、辛そうに苦笑いした。

「いまはもう母とは話していません。愛菜はわたしたちを捨てた、ってみんなにふれまわっているみたいです。最初は母も辛かったんだろうし、なんとかしないと、って思ってましたけど、もう身体が許さないんです。会いたくない、話したくない。話すと心がずたずたになるんです。でも、妹は母を見捨てられない、と言って、いっしょに暮らし続けてます」

　愛菜さんは天井を見あげた。

「もともとは妹も東京に出たがってた。服飾の勉強をして、デザイナーになるのが夢だったんです。でも、もう全部あきらめて、母がいるから結婚もできない、わたしは母が死ぬまで母のために生きる、って」

「そんな……」

　安西さんが首を横にふった。

「だけど、だれかがそれをやらなくちゃいけないんですよ。そうでないと母は死んでしまう。母にあたらしい出会いがあればいいけど、そんなことは起こりそうにない。わたしか妹がやらなくちゃならない。なのにわたしは母を捨てた。妹に押しつけて。そういう自分が許せなくて、ときどき死にたくなるし、自分も結婚はできないと思うんです」

安西さんはじっと黙っている。僕もなにも言えなかった。逃げるのは仕方ない、逃げるべきだ、などと無責任なことは言えない。といって、そんなことはないですよ、とか、大丈夫ですよ、などと言うのも気休めにすぎない。

どんなことでも言いたいように言い放って、別れたあとは別のことを考えているような、人間とはそもそもそういう不誠実なものかもしれないけれど、せめて空々しいことだけは口にしたくない、と思った。

ふと、『硝子戸の中』の漱石の言葉を思い出す。辛い境遇にある女の話を聞いて、漱石はなにも言えなくなる。だが別れ際に「そんなら死なずに生きていらっしゃい」と言う。話に出てくる女性の境遇がどのようなものであったか、仔細は描かれていない。ただ「私の力でどうする訳にも行かないほどに、せっぱ詰った」とだけ書かれていた。漱石があの言葉をかけたことでその後なにか変わったのかもわからない。

「朗読しているときは心が羽ばたくのを感じるけど、そう遠くには飛べないってわかってるんです。わたしの足首には母と妹からのびた糸が巻きついてる。でも、朗読を続けたい。『赤いろうそくと人魚』の話も、ほんとうは人魚が育ての親に捨てられるところを読むのが辛い。でも読まずにいられないんです」

愛菜さんが笑った。

「ちょうちょうのメンバーには話せないですけどね。小穂も美咲もまっすぐな人だから。遥海は遥海でいろいろあるみたいだし、わたしの家のこともちょっと気づいてるみたいだけど、おたがいになにも言わない。でもわたしは、彼女たちといっしょにいるのが好きなんです。ずっといっしょに朗読するのが夢なんです」

ちょうちょうは愛菜さんにとって光なのだ、と思った。

「安西さんのところもいろいろむずかしいのですよね」

「うちは……」

安西さんはそこまで言っていったん止まった。

「むかしは父が独裁者でした。母はそれにしたがうだけ。長姉は父に厳しく育てられ、有名企業にはいった。次姉は長姉にさからえない。三番目の姉は反抗して海外に行きました。母に似たわたしは父からも長姉からも認められなかった。浮草で働くことにも反対されて、結局家を出たんです」

「そうだったんですね」

愛菜さんが安西さんをじっと見た。

「いまは長姉が独裁者です。父に対しても。同じ家にいるのに見向きもしない。以前の父なら許さなかったでしょうが、いまはそんな力もない。長姉に無視されることに傷ついて、俺に腹を立てているんだろう、って母に当たるだけ。見かねて次姉が長姉に、いま父さんと話さなかったら後悔すると助言して、大ゲンカになってしまった」

以前は友恵さんは典恵さんの手下のようだという話だったが、お父さんの容態が悪くなり、安西さんが家を出たことでバランスが少し変わったのだろう。

「母が弱いのもいけないんです。ずっと父に頼って生きてきた。父がいないと生きていけない、と思ってたんでしょう。その父が弱って、娘たちもいがみ合っていてどうしたらいいかわからない。電話してきたって、わたしに解決できるわけ、ないのに」

「それで、ケンカはどうなったんですか」

愛菜さんが訊いた。

「次姉が家を出る、って言いだして、母が必死に止めたみたいです。次姉も思いとどまったみたいですけど、長姉は部屋にこもったまま」

「困りましたね」

愛菜さんが言った。安西さんはただうなずき、しばらく沈黙が続いた。

「すみません、変な話をしてしまって」

ややあって、安西さんが顔をあげて言った。

「わたしこそ関係のない自分の話をしてしまって……。ごめんなさい」

愛菜さんがうつむく。電球の光で、顔に濃い影ができた。

「いえ。助かった、と言うのも変ですけど、愛菜さんのお話を聞いたことで、わたしも自分の話ができました」

安西さんがそう言うと、愛菜さんが顔をあげた。

「言ってもどうにもならないですけど、ひとりで抱えているより楽になったような」

安西さんが少し微笑む。

「不思議ですね、なんであんな話、してしまったんでしょう。遠野さんも、すみません」

愛菜さんが軽く頭をさげた。

「ろうそくの火の力かもしれないですね。あの火を見ていると、心をほどきたくなるのかもしれない」

「そうかもしれません。前に遠野さんに家の話をしたときも、和ろうそくの店に行った帰りだった」

安西さんが微笑んだ。

みんな、どうにもならないものを抱えている。おたがいにどうすることもできない。それでもこうして笑うことができる。生きている。ろうそくの火を思い出し、人の命もあいうものなのかもしれない、と思った。

「炎って不思議ですよね。形もないし、とっておくこともできない」

安西さんがぽつんと言った。

「声とも似てますね。物質じゃないけど、人の心をふるわせる」

愛菜さんがうなずく。

「わたしたちのグループ名の『ちょうちょう』、もともとは『プシュケー』っていう言葉からきてるんです。ギリシア語では息も魂も蝶もプシュケーだって。朗読も、息であり魂でもあるなあ、って。それで『ちょうちょう』にしたんですよ」

愛菜さんが思い出すように言った。

「そうだったんですか。いい名前ですね」

「キリスト教では蝶は復活の象徴だって聞いたことがありますよ」

僕は言った。

「復活？」

「一度蛹(さなぎ)になって、もう一度そこから生まれ直すからじゃ、ないでしょうか」

「生まれ直す……」

愛菜さんがつぶやいた。蚕(かいこ)もそうだ。蝶も蛾(が)も、繭(まゆ)や蛹のなかでいったん身体がどろどろに溶けて、また作り直される、と聞いた。想像すると少し怖いけれど、生きるというのはほんとうはそれくらい激しいものなのだろう。

「朗読会、いいものにするよう、がんばります。影絵のこともみんなに相談して、全体の組み立てを考えてみます。もしかしたら安西さんに絵をお願いするかも……」

愛菜さんが言った。声の調子がもとのあかるいものに戻っている。

「はい、大丈夫です」

安西さんがうなずいた。


帰り際、月光荘の外に出たところで、安西さんが立ち止まり、典恵姉さんに手紙を書いてみます、と言った。

「手紙？」

愛菜さんが訊いた。

「直接会っても話してくれないと思いますし。手紙なんか書いたところで無駄かもしれないけど、このまま終わるのはよくないと思いますから」

「そうですね。正解はないと思うけど。後悔しないように生きるしかない」

愛菜さんがしずかに言った。

「はい」

安西さんもしずかに言って、夜空を見あげた。

5

朗読会の詳細を島田さんにメールすると、島田さんも影絵やろうそくの演出に惹かれたようだった。火の使用については、消防署に申請すれば許可がおりるそうだから、まずは主催者に申請書の作成を依頼してくれ、と書かれていた。

インドネシアで見たワヤン・クリのことも書かれていた。ワヤン・クリというのは、人形を用いた影絵芝居のことらしい。ヒンドゥー寺院の祭りなどでおこなわれ、演目は古代叙事詩の「マハーバーラタ」や「ラーマーヤナ」。

添付された写真には不思議な人形の影が写っていた。人形は平面的なものだが、細かい穴をたくさん穿つことで身体や衣服の形を表現している。だから真っ黒な影ではなく、顔の部分や衣服、髪飾りなどもはっきりわかる。

芝居を見ている観客には影にしか見えないが、博物館などで見ると人形は彩色されているらしく、スクリーンの向こうはあの世であり、あの世では色がついているが、現世にいるわたしたちにはその影しか見えないという意味なのだそうだ。

——影絵と語りは相性がよい。自分も言葉がわからないながらも影の動きとガムランの調べに魅せられてしまった。月光荘で影絵がどのように見えるか興味があるし、朗読会にはぜひ行きたい。

メールの最後にそう書かれていた。

七月の半ばすぎ、ちょうちょうからできあがったフライヤーが送られてきた。月光荘の入口に置くほか、知り合いの店にも配るため、多めに送ってもらった。

やわらかい白の紙に活版の黒い文字とろうそくの赤い炎。炎の形は一本ずつ微妙にちがっていて、空気のゆらぎが感じられる。そのなかに朗読する小川未明の作品タイトルがランダムに配置されている。

文字ってうつくしいな、と思った。声とはちがう、物質になった言葉。文字とは、思いが紙に焼きつけられたもののように思える。

昼間はずっと修論に向かっていたが、息抜きしたかったこともあり、散歩がてらフライヤーを配って歩くことにした。今年は梅雨が長く、雨がちな日が続いているが、今日は降っていない。曇り空の下、養寿院の前の道を歩き、豆の家に向かった。

硝子戸を開けると、ぷうんと珈琲の匂いがした。頭が一瞬くらっとするような力強い香り。佐久間さんが焙煎しているのだろう。平日の夕方だが店はほぼ満席だ。ひとりの客も多く、焙煎を待っているのかもしれない、と思った。

順番待ちもあるし、焙煎には時間がかかる。だから注文だけして外に出る客もいるが、ここで珈琲を飲んで時間をつぶす人も多い。

「あ、遠野さん、いらっしゃい」

いっしょに店を営む藤村さんが僕の姿を認め、声をかけてくれた。藤村さんは和菓子作りが得意で、喫茶スペースでは藤村さんの故郷の和三盆を木型で固めた菓子を出している。月光荘でも一度干菓子作りのワークショップを開いてもらった。

漂う珈琲の香りに負け、僕も空いていたカウンター席に座り、珈琲を飲むことにした。これまで見たことのない名前の珈琲と、和三盆を注文する。壁に飾られた菓子木型をながめながら、ほうっと息をついた。

「今日はなにかご用ですか？　豆はこの前買ったばかりだし、まだありますよね」

水を運んできた藤村さんが言う。

「そうなんです。今日は月光荘のイベントのフライヤーを持ってきたんです。お店に置いていただけたら、と」

「そうだったんですね。どんなイベントですか?」

はい、とうなずきながら、カバンからフライヤーを出した。ろうそくの絵柄を見たとたん、藤村さんは、うわあ、素敵、と目を丸くした。

藤村さんはもともとデザイナーで、この店で販売されている豆のパッケージも藤村さんがデザインしている。だからこうしたものには人一倍敏感だ。

「『夏の夜の朗読会』。おもしろそうですね」

文字をじっと見つめている。

「はい。影絵の演出も考えているようです」

「月光荘で影絵……。素敵ですねえ。平日の夜なんですね。だったら行けるかも」

「ありがとうございます。ぜひ」

「こちらもお預かりしておきますね。喫茶スペースのテーブルにも一枚ずつ立てかけておきます。そうしたらお客さまが珈琲を飲みながら見てくれるかもしれませんし」

「いいんですか。助かります」

「いいえ、うちはけっこうひとりでいらっしゃるお客さまも多いので。机の上に読むものがあると、待っているあいだ退屈しないでしょう?」

藤村さんが笑った。

やがて珈琲と和三盆が運ばれてきた。いい香りだった。一口飲むと、力強い苦味とともに穀物のような甘い香りが広がった。豆の家の珈琲は複雑だ。味わおうとすると少し頭を使う。作業しながらは飲めない。仕事と切り離されるところがいいのだけれど。

でも、ここで飲む珈琲は家で淹れたものよりさらに複雑な味になる。教わった通りに淹れているつもりだけど、やはりどこかちがうのだろう。だから、毎日というわけにはいかないが、ときどきここに来たくなる。

それに藤村さんの和三盆もここで食べるのがいちばんだ。干菓子は日持ちする印象があるが、実は作りたては全然ちがう。口のなかでほろっと崩れるように溶けるのだ。

フライヤーを置くだけのつもりだったのに、気がつくとじっくり珈琲を味わっていて、三十分近く経っている。佐久間さんと藤村さんにあいさつすると、あわてて店を出て新井に向かった。

新井に行くと美里さんも朗読会に興味を持ってくれて、この期間に予約されたお客さまにはあらかじめ案内を入れておくようにしますね、と言ってくれた。

「朗読……。遠野さんがリーフレットに書いてくれたお話も、朗読したら楽しいかもしれないですねえ」

微笑みながらおそろしいことを言う。

「いや、あれはそんな」

暑いのに冷や汗が流れた。

「でもあの文章、お客さまにも好評なんですよ。感想を送ってきてくれた方もいらして……。あ、ちょっと待ってくださいね」

美里さんが奥に行き、ハガキを一枚持ってきた。

「こちらです」

さしだされたハガキを見ると、最後の方にたしかに僕の文章のことが書かれていた。なかなかおもしろいからぜひ続けてほしい、とある。

「かなり年配の方で、大学の先生をされてた方みたいですよ」

美里さんに言われ、あまりの恥ずかしさに冷や汗が出た。ハガキの文字は達筆で、誠実そうな文面である。ありがたいことではあるが、あれに似たようなものがまた書けるかはわからない。あいまいにごまかして宿を出た。

それから、松村菓子店、二軒家改修プロジェクトで縁のできた観光案内所、笠原紙店、羅針盤。行く先々のどこでもあれやこれや話があって、羅針盤ではついまた珈琲を飲んでしまったりもして、店を出るともう日が暮れていた。

高澤通りを歩いていると、道の反対側に和ろうそくの店が見えた。

島田さんに言われた通り、消防署にろうそく使用の申請を出したところ、消火器を準備するなどいくつかの条件のもと、許可がおりた。愛菜さんにもその旨(むね)伝えてある。

そういえば安西さんの家はどうなったんだろう。あのときは手紙を書いてみる、と言っていたけれど。少し気になって、そのまま高澤橋を渡って、浮草に行った。

浮草もちょうど閉店したところだったらしく、ドアは閉まっていたが店の灯はまだついていた。硝子戸をコンコンとノックするとレジにいた安西さんが顔をあげ、僕の顔を見て戸を開けてくれた。

「どうかしましたか？」

安西さんが訊いてくる。

「いえ、その後どうなったのか、ちょっと気になって」

「影絵の下絵、進んでますよ。影絵を使うのと、ろうそくを使うのと、なにも使わないのと、演目によってわけるみたいで。頼まれた絵はだいたい描きあげました」

安西さんはちょうちょうの件だと勘ちがいしたらしく、そう言った。

「台紙に貼って切り抜く作業はちょうちょうの方でおこなうということなので、あとはデータを送るだけです。ちょっと見てもらえますか？」

安西さんがパソコンを開き、画像のデータを画面に出した。「野ばら」に出てくるふたりの兵士。野ばらや石碑（せきひ）。最後に馬に乗ってやってくる軍隊。「月夜と眼鏡」に出てくるおばあさんと少女。シルエットだけだが、ちゃんとわかる。

「へえ。見事ですね」

「ありがとうございます。いちおう切り抜いて、自分でも光に照らしてみたんですよ。影絵っておもしろいですね。むかし寝る前に母がやってくれたような……。お話を知ってるからというのもありますけど、部屋の壁に影を出して動かしていると、別世界が遠くに見えるみたいで」

安西さんが笑った。

「そうそう、島田さんからインドネシアのワヤン・クリという影絵劇の写真を送ってもらいました」

「ワヤン・クリ？」

「ええ。ヒンドゥーの神話をもとにした影絵芝居らしくて。ネットでも画像はいろいろ見られると思いますよ」

安西さんがパソコンでワヤン・クリを検索すると、いくつも画像があらわれた。動画もある。動画のひとつを選んで再生ボタンを押した。

「うわあ、すごい。これは精巧ですねえ」

僕も動いているのを見るのははじめてだったので、その動きに驚いた。細かい穴があいているせいで、髪飾りや衣装の部分はレースのような模様になっている。影だけの姿がとても幻想的だ。

「ちゃんと関節が動くようになっているんですね」

安西さんが影絵に使う人形の写真を拡大し、じっと画面を凝視した。

「これは真似(まね)できないですねえ」

うーん、とうなった。

「いえ、安西さんのはまたちがうよさがありますよ。影になったらどうなるのか早く見てみたいです」

「愛菜さんが、影絵の練習は自分たちでするけど、月光荘で一度光源を使って試したい、って言ってました」

「通し稽古(げいこ)ってことですか？」

「いえ、通し稽古もしたいけど、その前に朗読者と影と光源の位置決めをしたい、って」

「ああ、なるほど、そうですよね」

「あとで愛菜さんから連絡が行くと思います。そのときは影絵の微調整もしたいので、わたしもお邪魔しようかと」

「わかりました」

僕はうなずいた。

「でも、実は、僕が気になってたのは安西さんの家のことで……」

思い切ってそう言うと、安西さんの表情が少し変わった。

「この前は長々と話してしまってすみませんでした。あのあと姉に手紙を書きました」

「どうでしたか」

「ええ……」

安西さんは少しうつむいてから、顔をあげた。

「ここで働くようになって、お金を稼ぐというのがいかにむずかしいか、わたしもようやくわかるようになりました。夢だけではやっていけないって。だから、手紙ではまず自分の幼さを詫(わ)びました。これまで姉の話をきちんと理解できていなかった、自分は甘えていた、と。その上で、父と話してほしい、と書きました。父のためだけじゃなくて、姉自身のためにも」

安西さんが唇を嚙(か)む。

「それで？」

「昨日、母から連絡があったんです。わたしが出した手紙は破り捨てられていたみたいですけど、典恵姉さん、父と少し話したみたいです」

「そうだったんですか」

手紙は破り捨てられていた。その言葉に胸が痛くなる。だが、安西さんはほっとしたような顔だった。

「典恵姉さん、父とふたりきりで話したみたいです。なにを話したかはわからないけど、部屋を出たあと泣いていたそうです」

「泣いていた……」

「母は言ってました。典恵はお父さんが死ぬことを受け入れられないんじゃないか、結局、父親の死にいちばんおびえているのは典恵なんじゃないか、って。それもまた母の見方にすぎないとは思うんですけど……。父もなにを話したか、母に言わなかったそうです。でも、家のなかの緊張感はほぐれた。みんな力が抜けたみたいになった、って」

「そうなんですね」

力が抜けた、とはどういうことなのだろうか。ぴんと張っていた糸が切れたということなのだろうか。

「典恵姉さんは父のために生きてきたんですよね、きっと」

安西さんがつぶやく。

「その思いの強さが、わたしにはわからない。でも、ずっと張りつめて生きてきたんだと思います。姉とわかりあう日は来ないのかもしれない。姉はずっとわたしを認めないだろうし。でも、姉のその気持ちをわたしは深くわかっているし、姉もまたわたしの気持ちをわかっているんじゃないかと思います。いまはそれでいい気がしたんです」

真の意味で「いい」というのとはちがう。だがあきらめとはまたちがう気がした。

「父がいなくなったら、典恵姉さんも友恵姉さんも、みんなばらばらになってしまうかもしれませんね。母ひとりなら、父の遺(のこ)したお金でたぶん生きていけますから」

安西さんが息をつく。

「安西さんはどうするんですか?」

「わかりません。母が心配だからいっしょに暮らすかもしれませんし。わたしは上の姉たちとちがって母親似だから、母も気楽でしょうし」

愛菜さんの妹と同じ役割を背負うことになるのではないか。少し心配になる。

「でも、そのためにも強くならないと。浮草もここで得た縁も大事にしたいんです。水上さんと会って、自分の人生は自分でちゃんと切り開いていこう、って決めましたから」

「僕はなにもできませんけど、安西さんがしっかり生きていることは知っています」

迷いながらそう言った。僕が言えることはそれだけだ。

「豊島さんも、岩倉さんも、きっと知ってる」

「そうですね」

安西さんがうなずいた。

「またなにかあったら話してください」

「はい、ありがとうございます」

安西さんはうなずき、ほっとしたように微笑んだ。

6

影絵に使う人形の切り出しが終わったらしく、土曜日の夜、ちょうちょうの四人と安西さんがやってきた。人形のほか、光源の候補を数種類持ってきたので、なかなかの大荷物である。さっそく二階にあがる。

光源選び、どこから光を当て、朗読者はどこに立つか、など決めることは多々あるようだが、僕がすべきことはとくにない。ひとり下におり、文献を読んで待つことにした。

ときどき上から楽しそうな笑い声が響く。月光荘をイベントスペースに、という話が動きだしてから、イベントだけでなく打ち合わせのための来客も増えた。その分、月光荘としずかにふたりで過ごす夜は減ったのだが、月光荘には不満はないらしい。人の声が響いていると、ニギヤカ、と言って満足そうにしている。

僕はといえば、月光荘で話すだけでなく、外で人と話す機会が増えた。自分は無愛想で接客などできるわけがない、と思いこんでいたが、いつのまにか人と話すことが楽しくなっていた。大学では同世代の学生ばかりだが、町にはいろいろな世代、いろいろな職業の人がいる。それもよい刺激になった。

もちろん話しやすい人とそうでない人がいるけれど、少なくとも億劫(おっくう)ではない。修論にばかり向かっていると文献の世界に埋もれて、自分の身体があるのかないのかわからないような状態になってしまうが、人と話す時間のおかげで人の形を保っている。

「遠野さーん」

そろそろ一息ついて珈琲(コーヒー)でも淹れようか、上の人たちの分もついでに、と思ったところで、二階から僕を呼ぶ声がした。愛菜さんだ。

「なんでしょう?」

下から返事をする。

「ちょっと見ていただきたいんですが、あがってきてもらえますか？」

なんだろうと思いつつ、階段をのぼる。二階に首を出すと、部屋の電気が消えて、壁におばあさんと少女の影が映っていた。なんとも幻想的だ。

「いろいろ調整して、この光がいちばんよさそう、ってことになったんです」

愛菜さんが言った。

「いいですねえ」

僕は部屋の真ん中に立ち、そう答えた。

「とても素敵だと思います。なんていうか、世界が広がる感じで」

予想以上に影絵はいい。シルエットでしかないけれど、それだけに想像をかきたてられた。でも最初に安西さんから見せてもらった下絵とちがって、少しだけ切り絵細工のような模様がはいり、人形には目もあった。

「遠野さんが教えてくれたワヤン人形が印象的で……。それで愛菜さんと相談して、ちょっとだけ細工を入れたんです」

安西さんが言った。

「その分、切り取るのがたいへんで泣きそうだった。美咲と小穂が器用で助かった〜」

遥海さんが言った。

「まあ、こういうのはね、わたしたちは仕事で慣れてるから」

美咲さんが笑った。小学校では図工も教えるし、教材作りもある。図書館司書の小穂さんも、児童書コーナーの掲示物などで紙を切るのには慣れているらしい。

「じゃあ、光はこの位置で、影絵役の人は光の横に座って人形を操作する」

「『野ばら』で遠くから軍隊が来るときは、もっと遠くに影が映った方がよくない？」

「そっか。それもいいかもね。そしたら、舞台の反対側にもひとつ光源を置いて……」

愛菜さんがもうひとつのライトを持って立ちあがり、場所を選ぶ。

「朗読者がだいたいこのあたりに立つから……」

愛菜さんの言葉に、美咲さんと小穂さんが朗読者の立ち位置に移動した。

「光はこのあたり？」

位置を決め、ライトをつける。

「もうちょっと中央寄りの方がいいかも」

遠くから見ていた遥海さんが言う。愛菜さんが位置を少し調整した。

「うん、そこ。そのあたり」

「そしたら、軍隊が遠くからやってくる感じを出すために、最初はこう遠くに置いて、少しずつライトに寄せてく感じで……」

愛菜さんが馬と兵士たちがつながって描かれたプレートを動かす。

「うわ、すごい。ちゃんと近づいてくる感じ、する」

遥海さんが言った。愛菜さんたちが持ってきたライトは、光がまっすぐ進むタイプのもののようで、光源から近づけたり離したりしても輪郭があまりぼやけない。

「臨場感あるねえ～」

壁の方を振り返って、美咲さんがうなる。

「じゃあ、位置はこれでいいよね。動かし方はまた次の練習のときに相談しよう」

愛菜さんが言った。

「遠野さん、すみません、長々と。これでだいたい決まりましたので、あとは通し稽古のときまで大丈夫だと思います」

美咲さんが言った。

「わかりました。イベント前日の夜でしたよね。その日はお客さんがないので、割引料金になります。昼間はゼミがありますけど、その後はなにもはいってませんから、ゆっくり練習してもらって大丈夫ですよ」

「ほんとですか？　助かります～！　ありがとうございます！」

遥海さんが元気よく言った。四人のなかでこの遥海さんがいちばん表情が豊かだ。美咲さんはきっちりしっかりした感じ、小穂さんは繊細で落ち着いた感じ、愛菜さんはやさしげだが芯が強そう。はじめはわからなかったが、いまは四人の個性も少しわかる。

「これで一段落なら、珈琲でもいかがですか」

「うわあ、珈琲！　うれしい〜」

遥海さんが言った。

「いいんですか？　長時間お邪魔してしまったのに、なんだか申し訳ないです」

美咲さんが落ち着いた口調で言った。

「大丈夫ですよ。僕もいまちょうど淹れようと思ってたところでしたし」

「すみません、ではごちそうになります」

小穂さんが微笑んでそう言った。

豆の家で買った豆で珈琲を淹れる。木のような香りの漂う、深い味わいの豆だ。佐久間さんほどうまくは淹れられなかったが、五人とも一口飲んで驚いたような顔になった。

「おいしいですねえ……」

美咲さんがつぶやく。

「っていうか、これ、ただの豆じゃないですね。こんな珈琲、飲んだことない」

遥海さんが目を輝かせる。

「豆の家の豆ですよね?」

安西さんが言った。

「そうです」

「やっぱり。豆の家さんの豆はいつも飲むたびにびっくりしますよね」

「豆の家?」

小穂さんが訊いてくる。

「あ、聞いたことがあります。まだ行ったことないんですけど、珈琲と和三盆がすごくおいしいとか……」

美咲さんが言った。

「ええ、朗読会のフライヤーも置いていただいてるんですよ。お店の人たちも興味を持っていて、聴きにきてくれるかも、って」

「ほんとですか? 今度行ってみよう」

遥海さんが言った。

「あのフライヤー、とても素敵でしたね。行く先々で評判でした」

「ほんとですか?」

小穂さんが微笑む。たしかフライヤーの担当は小穂さんだったはずだ。

「そういえば、フライヤーにあったちょうちょうのマークなんですけど……」

僕は思い出して訊いた。

「あれはどなたが描いたんですか」

そう訊くと、小穂さんがぐっとつまった。

「あれは、小穂の彼氏が作ってくれたんだよね」

遥海さんがちらっと小穂さんを見る。

「彼氏って……」

小穂さんがきょろきょろあたりを見た。

「彼氏でしょ？　金子（かねこ）さんは。デートも行ってるって言うし」

「それはそうだけど、まだ……」

「あれから進展してないの？」

美咲さんが笑う。

「それは……」

小穂さんが言い淀（よど）んだ。

「金子さん、いい人じゃん。誠実そうだし……。まあ、ともかく、マークは金子さんが作ってくれたんです。デザイナーで、活版印刷のことで三日月堂にもよく通ってる人です」

遥海さんが言った。

「そうか、やっぱりデザイナーさんが作ったものだったんですね」

「どうしてですか？」

「いえ、実は、月光荘もイベントスペースとしてやってくなら、ああいうマークというか、ロゴみたいなものがあった方がいいのかなあ、と思って。どうやって作っているのか気になったんです」

「月光荘のロゴマーク……」

小穂さんがつぶやく。

「それでしたら、金子さんに頼めると思いますけど」

「ほんとですか。いや、頼むとしたらデザイン料も発生するし、家主と相談してみないとなんとも言えないんですけど」

「ちなみにどんな形がいいんですか？」

「やっぱり、家の形がいいと思うんですが。上に丸窓がついてる……」

僕は手元の紙にこの前描いたのと同じ家のマークを描いた。

「かわいいじゃないですか、これ。このまま使えそう」

のぞきこんだ遥海さんが言う。

「なんていうか、鳥の巣箱みたいになっちゃって。いくら描いてもなかなか似ない」

「金子さんはこういう仕事が得意だから、大丈夫だと思いますよ。もしほんとに作ることになったら、ご連絡ください」

小穂さんが言った。

「遠野さんって、絵心ありますよね」

安西さんがくすっと笑う。

「前に貝合わせで描いた虫もかわいかったですよ」

意外な言葉に絶句した。

「それに、文才もあるんですよね」

「文才?」

小穂さんが訊く。

「そうなんです。いま川越の新井っていう宿のリーフレットを作ってるんですが、遠野さんもそこにエッセイを寄せてくれていて」

「い、いや、それは……」

あわてて止めようとしたが手遅れだった。

「エッセイ？　読んでみたいです」

　愛菜さんが言った。

「わたしも」

　小穂さんと遥海さんも口々に言う。

「遠野さん、新井のリーフレット、ここにもありますよね」

　安西さんに訊かれ、隠すわけにもいかず仕方なくうなずいた。地図資料館の入口にほかのチラシとともに何枚か置いてある。新井のリーフレットは上質なのでほしいという人がけっこういて、最初の号はなくなってしまったが、六月の分はまだ残りがあった。

「わたし、一枚持ってきますね」

　安西さんがさっと立ちあがり、止める間もなく下におりていってしまった。

「みなさん、練習は進んでるんですか」

「ええ、なんとか……。いまはパートごとに練習していて、みんなそれなりに仕上がっているみたいなので、来週全員で一度通して読んでみようってことになってます。でも今回は影絵もありますし、やることはまだまだありますね」

　愛菜さんが言った。

「『赤いろうそくと人魚』、家で何度か練習しましたけど、この会場にほんと合ってる気がします。安西さんのおかげですね」

小穂さんが言った。

「ほんとだよね。わたしも今回はじめて読んだけど、とってもよかった。さびしいし、悲しいし、ハッピーエンドじゃないけど、でもすごくきれいで……」

遥海さんがうっとりと言う。

「あのお話、いまの時代だと人魚の母親が悪い、って言いだす人がいそうだよね。勝手に人間に幻想を見て、自分の子どもを押しつけて。子どももかわいそうだし、村の人に復讐(ふくしゅう)するのもおかしい、全部自己責任じゃないか、って」

美咲さんが言った。

「わたし、自己責任、って言葉、あんまり好きじゃない」

遥海さんが言った。

「冷たい言葉だよね。正しいことなのかもしれないけど、聞くとさびしくなる」

美咲さんがそう言うと、小穂さんもうなずいた。

「それもあるけど、がんばりさえすれば自分でなんでもできる、って思ってるみたいで。そうじゃないことだってたくさんあるのに」

遥海さんがぼやく。愛菜さんはじっと黙って聞いている。がんばりさえすれば自分でなんでもできる。その言葉が胸に突き刺さる。世の中にはそうじゃないことの方が多い。なんともできないことばっかりだ。

愛菜さんは自分の家のことをちょうちょうのメンバーには話していない、と言っていた。でも、みんなといるのが好き、ずっといっしょに朗読するのが夢なんだ、と。きっとみんながこういうことをわかっている人だからなんじゃないかと思う。

階段をのぼる音がして、安西さんが戻ってきた。

「ありました」

安西さんが階段のいちばん近くにいた愛菜さんにリーフレットを渡す。愛菜さんがリーフレットを開いて、エッセイを探している。逃げ出したい気持ちにかられた。

「あ、これですね」

愛菜さんが言うと、ほかの三人も横からリーフレットをのぞきこみ、じっと読んでいる。助けてくれ、と思いながら安西さんの方を見ると、安西さんはくすっと笑って顔を伏せた。

「へえええ、おもしろーい」

遥海さんが声をあげる。

「これ、途中ですよね。続き、知りたいです」

小穂さんが言った。

「続き、次の号に掲載するんですが、もう原稿はできてるんですよ」

安西さんが言った。

「えー、読みたい。ここに来れば手にはいるんですか？」

遥海さんが訊いてきた。

「え、ええ、まあ……」

言葉を濁していると、安西さんが、浮草にも置いてありますよ、と言った。

「これ、読んでみたい」

愛菜さんが言った。

「読むって、朗読する、ってこと？」

小穂さんが驚いたように訊く。

「そう。今度の最後の回のおわりに読むっていうのはどう？」

「いいかも！」

美咲さんが言った。

「アンコールで読むのにちょうどよさそう」

「そうですね、そうしたらこのリーフレットの紹介もして……。ついでに新井の紹介もできるし、いいですよね、遠野さん」

安西さんが言った。新井の紹介になる、と言われると、なんとなく断れない。

「後編も合わせて読んで、文字で読みたい人はこれから出ます、って言えば、置いてある店を紹介したら取りに来てくれるかもしれませんし」

「こんなのでいいんでしょうか？　せっかくの朗読のあとなのに」

「いったん朗読の世界が終わって、電気をつけたあとにしましょうか。小川未明の世界から出て、ここで朗読した記念として読むんです」

愛菜さんが言った。

「わかりました」

どうとでもなれ、と思い、目を閉じた。

7

八月二週目、火曜日のゼミのあと、ちょうちょうの四人がやってきて、通し稽古をおこなった。これまでも外のスタジオで部分練習をしてきたらしいが、影絵も入れて最初から最後まで通すのははじめてらしい。

ろうそくは例の高澤通り沿いの和ろうそくの店で買ったらしい。今日はそのままのものを使ったが、本番では安西さんが絵をつけたろうそくを使うと言っていた。

さすがに朗読はすばらしく、ちょっとだけ見るつもりだった僕も、思わず座って最後まで聴いてしまった。みんなふだんおしゃべりするのとは声の出し方が全然ちがう。

美咲さんの声はまっすぐで力強い。小穂さんは繊細で不思議なゆらぎが魅力的、遥海さんはひょうひょうとして、独特の間合いがある。愛菜さんは四人のなかでもいちばん声の出し方の幅が広かった。

最後の「赤いろうそくと人魚」は、愛菜さんひとりが読む。愛菜さんの暗い海のうねりのような声に飲みこまれそうになる。途中から、小穂さん、美咲さん、遥海さんが順番にろうそくをつけて立ちあがる。

最後の一文を読み終わったところで、三本のろうそくが一気に消える。部屋は、闇(やみ)に覆われた。しばらくぼうっとして、なにも考えられなくなった。

ぱちんと電気がついて、四人が息をつくのがわかった。人のいる世界に戻ってきたようで、僕もほっとため息をついた。

客席から録(と)っていた動画を見ながら、影絵の位置の調整や、タイミングの相談がはじまる。みんないつになく真剣な表情だ。僕はもうなにも言うことがないように思ったけれど、四人からしたらまだまだ細かいところが気になるらしい。

その様子をながめながら、声というのはすごいものなんだな、と思っていた。安西さんも言っていたが、たしかに映像とも歌ともちがう、不思議な体験だった。

声には文字とちがうふくらみがある。匂いや空間まで再現されるような。目で本を読むときは、言葉が頭のなかにはいってくるような感じだが、朗読を聴くときは、自分の身体がその世界にはいってしまったみたいになる。

むかしだれかが書いた文章にはその人の思いが封じこめられている。著者が死んで長いときを経て、著者はどこにもいないのに、思いだけが文字の形になって紙に刻まれている。文章というのはそういうものだと思っていた。

だが、こうして人が声に出して読んでいるのを聴くと、文字で読んでいたときとはちがう、だれかの気配や息遣いを感じる。著者自身がこの場に戻ってきた、というのともちがうが、幽霊と出会ったような、幽霊とともにひとときを過ごしたような感触があった。

月光荘はみんながいるあいだはなにも言わなかったが、帰ったあと、スゴカッタ、と言っていた。スゴイ、コワイ、カナシイ。いろいろ言葉をならべたあと、モリヒトヨリ、ウマイ、とも言った。

「仕方ないだろう、あっちは朗読の専門家なんだ」

月光荘に言われるのはちょっと悔しくてそう答えた。

初日はまずまずの入りだった。ちょうちょうの常連のお客さんたちで客席が埋まり、師匠の黒田先生もやってきた。朗読の方は、人の動きで集中が切れたのか、通し稽古のときの方がよかったかも、と思う場面もあった。

お客さまたちが帰ったあと、黒田先生には、影絵やろうそくの演出はよくできているけど、それに気を取られすぎ、と厳しく指摘されていた。なかなか威厳のある人で、ああいう先生に指導されているからあんなにすばらしい朗読ができるんだな、と思えた。

水曜、木曜、金曜と回を追うごとにお客さまも増えて、べんてんちゃんの一家、佐久間さんと藤村さん、羅針盤の安藤さんなど、知っている人も次々にやってきた。最後の土曜日は、席が前売りで完売してしまった。

新井のリーフレットの文章を読むということもあって、美里さんもやってきた。小穂さんの「彼氏」と噂の金子さん、木谷先生や島田さん、安西さんと豊島さん、黒田先生の姿も見えた。会場は満員。月光荘にこんなに人がはいったのははじめてだ。

ちょうちょうの面々も、これまでになく緊張していた。水、木、金としだいに慣れてきたのか、金曜はそれまででいちばんの出来だった。みんな、自分が思っていた以上のところまで行けた、やっぱり連続でやってよかった、と口々に言っていた。

今日は最終日。客の入りもいちばん。開場前、二階から月光荘の前の列を見おろして、すごいプレッシャーだよ、昨日よりよくできる自信ない、と遥海さんが言った。

開演時間となり、会場の電気を消す。すうっと影絵が見え、観客が引きこまれるのがわかった。小穂さんの細い声が聞こえてくる。聞いたとたん、大丈夫だ、と感じた。とてもいい。声のさざ波に観客が取りこまれていくのが感じられた。

影絵の演出も完璧だ。小さななにかでこの緊張が切れてしまっては、と最初のうちは手に汗を握っていたが、途中からそんなことも忘れて、ただ四人の声の世界に浸っていた。

最後の愛菜さんの「赤いろうそくと人魚」もすばらしかった。月光荘もかすかにふるえている。きっと聴き入っているのだろう。最後、ろうそくの火が消えたとき、真っ暗でなにも見えないのに、観客全員が深く息をつくのが見えた気がした。

一、二、三……。言われた通り時間をはかり、電気をつける。前に四人が立っているのを見ると、拍手が起こった。よかった。成功だ。僕の方も緊張が解け、ちょっと力が抜けた。拍手はなかなかやまない。遥海さんが紙を広げたのを見て、拍手が止まった。

僕のエッセイだ。なぜかこれだけは通し稽古のときにも練習がなく、聴くのははじめてだった。ほんとうに逃げ出したくなる。これだけすばらしい朗読のあと、蛇足以外のなにものでもない。

遥海さんの朗読がはじまった。川島町の描写、田辺の家、養蚕の話。自分の書いたものがほかの人の声で読まれるのは不思議な心地だった。

途中で読み手が小穂さんに代わる。夜、蚕の波のような音に誘われて白い世界に行き、遠野の道につながる。幻想小説のような展開だ。絶対にエッセイではない。我ながら、なんでこんな荒唐無稽なものをリーフレットに載せてしまったのだろう、と頭を抱えた。

終わるまで気が気でなかった。最後の部分は愛菜さんで、読み終わると美咲さんが、リーフレットや新井のあらましを説明し、美里さんが立って会釈。それから書き手は月光荘の管理人の僕だと紹介され、こんなことがあるとは聞いていなかった、と思いながら立ちあがり、お辞儀をした。


会が終わったあと、小穂さんの「彼氏」の金子さんにもあいさつし、月光荘のマークの話をした。その場で島田さんの許可を取り、マーク作りをお願いすることになった。

黒田先生は、初日よりずっと成長した、と四人をほめた。

「これでちょうちょうも一皮剝けたと思う。今回はみんながんばった。連続公演やって正解だったんじゃない？」

緊張がとけたのか、黒田先生の言葉に四人とも涙ぐんでいる。

「それから、あなた」

黒田先生が僕を見た。

「最後のエッセイ、あなたが書いたんですって?」

黒くきらきらした瞳にじっと見つめられ、どぎまぎした。黒田先生、細いけれど、すごく生命力の強い人に思える。

「あの、いえ、すみません。こんな席で読んでいただくようなものでは……」

「ううん、おもしろかったわよ。大学院生なんですってね。論文も忙しいでしょうけど、ああいうのを書き続けるのもいいんじゃない?」

よく通る声でそう言った。僕はもごもご不明瞭な言葉を返すばかりである。

「あの、すみません」

うしろから声をかけられ、はっとふりむくと、美里さんと年配の男性が立っていた。

「こちら、新井のお客さまで、前に遠野さんの文章を気に入った、とおっしゃってた……」

「村田、と言います。もう退職しましたが、去年まで大学で日本文学を教えていました」

「村田先生、遠野さんのエッセイが読まれる、って聞いて、わざわざ横浜から来てくださったんですよ」

「そうなんですか……ありがとうございます」

予想外のことになんと答えたらいいのかわからなかった。

「わたしはもともと川越の出身で……。むかしの川越のことも知ってます。あなたの文章にはその雰囲気がよく出ていた。大学院で勉強中だそうですね」

村田先生の声は深くて、なぜか心に染み入ってくる。

「はい。でも研究者には向いてないようなので、修士を出たらここで働くつもりでいます」

「ここ？」

「この建物です。ここをイベントスペースとして活用していく予定なので……」

「そうですか。それもいいかもしれませんね」

先生はそう言って部屋を見まわした。

「いい建物だ。さっきの朗読のあいだ、家がふるえてるような気がしましたよ。家も朗読に聴き入っているような……」

その言葉にどきっとした。

「新井にはときどき来ると思いますしね。そのときはここにも寄らせていただきますよ」

なにも答えられずにいるうちに、村田先生がそう言って、おだやかに笑った。

「ありがとうございます」

夏の夜が更けていく。月光荘が人の声に満たされている。ちょうちょうの四人の声とろうそくの灯。影。いい会だった。

部屋の隅で安西さんと愛菜さんが話しているのが見えた。ふたりともおだやかな表情で話しこんでいる。よかったなあ、と思った。

こんなすばらしい夜もあるんだ。愛菜さん、安西さん、ちょうちょうのみんなといっしょにあなたたちがこの満ち足りた空気を作った。それはとてもすごいことだ。だから。

どこまで行けるかわからないけど、まだしばらくみんなで生きよう。

ふたりの影を見ながら心のなかでそっとつぶやき、丸窓の外の夜空を見あげた。

第三話

丸窓

1

朗読会の翌週は「町づくりの会」による「川越建物めぐり」が予定されていた。建物めぐりの一日目は蔵造り・町家コース、二日目は洋館コース、三日目は昭和の建築コース、いずれも丸一日かけて川越の建物をめぐり、解説を聞く。

三日間通し券もあるが、一回ごとの参加も可。各回十五人限定だったこともあり、チケットはいずれも前売りで完売した。初日の前夜に月光荘で講習会が開かれるため、準備の手伝いに追われた。

まずはプロジェクターとスクリーンのセッティング。月光荘でこうした映像を使うのははじめてだったが、これからレクチャーが増えれば使うこともあるだろう、と島田さんがホームシアター用のものを購入してくれた。

パソコンはもちろん、スマホやタブレットとも接続できるらしいが、機械に不慣れな僕にはちんぷんかんぷん。べんてんちゃんが手伝ってくれてなんとか設置し、映像のチェックもできた。

それから、講習会前日に真山さんが送ってきた資料のコピー。通し券を購入した人が多いため参加者は三十名弱だが、資料の枚数が多い。地図資料館の家庭用複合機では時間がかかるし印刷の質も低いので、笠原紙店でコピーすることにした。

笠原先輩の家が営む笠原紙店はもともと和紙の店だった。和紙の需要が減って、一時は事務用紙や文具の販売やコピーサービスに力を入れていたが、通販などに押されてそちらも下火になった。

いまは笠原先輩が戻ってきてもう一度和紙の販売に力を入れようと少しずつ店を作り変えているが、まだコピー機はある。コンビニのコピーサービスより安いので、大量にコピーする場合はよく利用していた。

夕方、日がかたむいてから月光荘を出て、一番街に出た。夏休みシーズンだから平日でも人が多い。

月光荘は菓子屋横丁から近いが、裏手にあって横丁に面していない。門前横丁からも人気のない路地をはいった奥にある。だから町がにぎわっていても家のなかはわりとしずかで、こうして一番街まで出てくるといつもちょっと驚く。

道にも店にも人、人、人。浴衣姿の人も多いし、人力車も出ている。お店の人の声も響いて、完全に観光地だ。食べ歩きをしている若い女性たち。店の前の列にならぶ集団。

越してきた当初はただただすごいなあ、力のある町だなあ、と気圧されていたが、この喧噪にもだんだん慣れてきた。うるさいと感じるときもあるけれど、もしこれがなくなったらさびしくてたまらないだろう、とも思う。

みんながみんなうまくいってるわけじゃないし、人が寄り集まれば面倒なことも起こる。それでも、人がたくさんいるのはいいことだ。安西さんや愛菜さんの顔が頭をよぎり、彼女たちと家族の折り合いがつけばいい、と思う。

そういえば、笠原先輩の家もいろいろあったのだ。笠原先輩は、最初は紙店を継がずにIT企業に就職、そのときお父さんの方介さんとケンカになり、それがきっかけで方介さんは店を閉じてしまった。

結局、月光荘でおこなった切り紙のワークショップをきっかけに、笠原親子は仲直りした。先輩は神部さんとあたらしい店の計画を練りながら、笠原紙店を手伝っている。

笠原先輩と方介さんのケンカはそもそもおたがいの意地の張り合いのようなもので、安西さんや愛菜さんの家のそれとはちがうのだろう。安西さんや愛菜さんの家族の関係は、どちらかが折れて改善されるものではないように思った。

そういうときは逃げるしかない。距離を取るしかない。相手は変わらないのだから、と言う人もいる。安西さんも愛菜さんもそうやって家族と距離を取っている。だが、心はやはり引っ張られている。

大正浪漫夢通りから路地にはいる。笠原紙店の入口に立った。最初にここに来たときはシャッターがおりて廃れていたのに、いまは店頭のウィンドウからきれいに飾られた和紙が見え、お客さんもけっこういる。

店にはいり、奥のコピー機に向かった。店内の配置も品揃えもだいぶ変わった。前は奥にさげられていた和紙の棚が前に出て、小江戸にふさわしい和紙小物のならぶ棚もできている。

方介さんは、うちは土産物屋じゃない、と最初は小物を置くのをいやがっていたようだが、神部さんと先輩の選んできた商品がどれもしっかりした和紙でできていることで納得し、いまではオリジナル小物の制作の企画もはじまっているらしい。

神部さんのお店、結局小川町と川越、どっちになったんだろう。笠原紙店がこんなふうに変わったなら、川越で系列店ということにした方がいいような気もするけど……。

「遠野くん」

うしろから声がして、ふりかえると笠原先輩がいた。

「どうしたの？　買い物？」

「いえ、今日はコピーなんです。明日、月光荘で講習会があって、その資料の」

「ああ、そうなんだ。月光荘のイベントスペース、けっこうにぎわっているみたいだね。朗読会もよかったし」

先輩とお母さんの美代子(みよこ)さんは木曜日に、方介さんは金曜日に聴きに来てくれていた。

「そういえば、土曜日には遠野くんの作品が朗読されたんだって？　べんてんちゃんから聞いたよ。そうと知っていれば土曜日に行ったのに」

「いや、あれは、その……」

もごもごと口ごもる。エッセイ朗読は最終日のみのカーテンコールだからプログラムに載っていないし、気恥ずかしかったから、だれにも教えなかった。安西さんにも、とにかくほかのだれにも教えないでくれ、と頼みこんだ。

「文章は『新井(あらい)』のリーフレットに載っているので……」

「うん、知ってる。べんてんちゃんからもらって読んだよ。なかなかおもしろかった」

先輩がにやっと笑う。読んだのか……。参った。

「けど、朗読となるとまた印象が変わるだろうなあ、と思って。『ちょうちょう』の朗読、すごくよかったからね。聴いてみたかったよ」

「そういえば、前に木谷(きたに)先生から聞きました。先輩も在学中に小説を書いてたって」

「え、いや、それは……。まあ、それは若気のいたりっていうかね」

今度は先輩が困ったような顔になった。

「いまはもう書いてないんですか?」

「書いてないよ、もうずっと」

先輩が声に出して笑う。

「あ、ただ最近、神部さんの店の準備でサイトを立ちあげることになってね。そこに和紙の説明の文章を書いてる」

「サイトを作ったんですね。見てみたいです」

「ええと、ここここ」

先輩がポケットからスマホを出し、サイトを呼び出す。

「へえ……。『紙結び』」

めずらしい紙がずらりとならんだ写真があらわれ、真ん中に「紙結び」というロゴが配置されていた。

「うん。紙と紙、紙と人を結ぶ場所、っていう意味みたいだけど、日本神話の神さまと同じ名前だよね」

先輩が笑った。

「日本神話の神さま？」

「天地開闢の際、天之御中主神や高御産巣日の次にあらわれた、生産や創造をつかさどる神、だったかな。ほんとは店名はひらがなにしたかったんだけど、そうすると神道のイメージになっちゃうかも、ってことで、漢字にしたんだ」

「そうだったんですね」

「サイトもまだ準備中で、店舗に関する情報は真っ白なんだけど。神部さんのブログともつないだし、今後は和紙に関する情報も少しずつ増やしていくってことになって、そっちのページは俺が担当することになったんだ」

そう言って、サイトのメニューのなかから「和紙の話」というボタンを押す。和紙にまつわる文章と写真があらわれた。最初は美濃市という紙漉きの里を訪れる話で、春に方介さん、美代子さんと三人で旅行に行ったときのことを書いたらしい。美濃市に行く列車や駅のこと、駅から町までの道、美濃市の風景の描写からはじまっている。

木谷先生の話だと、かつての笠原先輩は「自由人」というあだ名のついた個性的な学生で、書いていたのも幻想小説ということだった。だが、この文章は地に足のついたものだ。引っかかるところもなくするする読めて、情景が目に浮かぶようだ。

「すごく読みやすくて、わかりやすいですね」

「そうかな？　大学時代はわざとむずかしい漢字を使ったり、比喩をこねくりまわしたりしてたんだけどね。そうしないと個性が出ない気がしてさ。でも、会社の仕事でマニュアルの文章を書いてるうちに、通じないとダメ、なにより読んでもらえないとダメ、ってことがわかってきて……。文章は読む人のためにあるものだって思うようになった」

文章は読む人のため……。たしかにその通りだ。

「それに、話自体がおもしろければ、文章はプレーンな方がいいんだよ。親父の紙に関する話、いま聞くとめっちゃおもしろいし、貴重だなあ、って。それをちゃんと伝えるための文章にしたいと思ってさ」

先輩はちょっと照れくさそうに言った。

「親父の話、若いころは退屈だと思ってたのになあ。俺も歳食った、ってことかな。でも、その点遠野くんはすごいよね。新井のリーフレットの文章、かまえたところがなくて、すーっと読める。若いころって肩に力がはいってるから、なかなかこういうふうにできないと思うよ。文は平易なのに引きこまれるし、幻想的な要素もある」

「そうでしょうか」

「むかし木谷先生から『川越を舞台にして幻想小説を書いたら』ってアドバイスされたこともあったんだけど、地元を幻想の世界につなげるなんて無理だし、自分の目指すところとちがうとも思った。だけど、遠野くんの文章ではそれが実現できてる。参ったなあ、と思ったよ」

「それは、僕がもともと川越の人間じゃないからかもしれませんよ。僕にとっては川越の風景は新鮮で、それ自体が刺激的でしたから」

そこまで言って、少し止まった。新鮮で、刺激的で、でもそれだけじゃない。どこかなつかしさもあった。

幼少時住んでいた風間の家が所沢近辺にあったからかもしれない。川島町の敏治さん、喜代さんの家のことも頭をよぎって、僕の先祖がこのあたりに住んでいたからかもしれない、とも思った。

「そういうこともあるかもしれないけどさ、俺は遠野くんには文才があると思うよ。遠野くんの文章は外に開かれてる」

「外に？　どういう意味ですか？」

「ちゃんと外のものから刺激を受けて、だれかに届けたくて書いてる、ってこと。言葉を呼吸してる、っていうかね。せっかくだから、書き続けた方がいいと思うよ」

言葉を呼吸している。独特の言いまわしだな、と感じたが、こういうところがもともとの笠原先輩のセンスなのかもしれない。それに、言わんとすることはちゃんと伝わってくる。言葉を呼吸する。外から取り入れ、また外に出す。

「ありがとうございます。正直あれを読まれるのは恥ずかしくて……。でもうれしいです。ちょっとがんばってみようと思います」

美里（みさと）さんも安西さんもちょうちょうのみんなもおもしろいと言ってくれたのだ。村田（むらた）先生という新井のお客さまも。そんなふうに言ってもらえたのだから、ちゃんと信じて応（こた）えなければ、とはじめて思った。

「修論や月光荘の運営も忙しいだろうけどね」

先輩のその言葉で、神部さんのお店のことを思い出した。

「そういえば、神部さんのお店はどうなったんですか？　小川町か川越かで迷ってる、っていうお話でしたけど」

「うん、結局川越の物件に決めたんだ。神部さん個人としては小川町に店をかまえるのが夢だけど、まずは商売として軌道にのせないといけないからね。うちの親父とも相談して、まずは川越でやってみて、うまくいったら小川町にも店を出す、ってことに決まったんだ。もう先週契約もすんだ」

「じゃあ、いよいよですね」

「そう。でも、もとはただの住居だから、お店にするためにはまだこれから改装が必要なんだよ。業者を決めて、プランを練って、って感じで、スタートするまではまだ半年くらいはかかるだろうなあ」

少しずつだけど、進んでいる。神部さんのお店も、「浮草（うきくさ）」も、新井も。こうしてまわりががんばっているのを見ていると、自分にもなにかできるような気がしてくる。

「で、ごめん、コピーだっけ。講習会って『町づくりの会』の？」

「そうです。『川越建物めぐり』。たしかお父さんも……」

参加申込者のなかに方介さんの名前があったのを思い出した。

「うん。建物と和紙は切っても切り離せないから、とかなんとか」

先輩はそう言って少し笑った。

「切っても切り離せない？」

「障子紙（しょうじがみ）とか、襖（ふすま）紙とか、みんな紙だろう？　いや、ほんと紙にしか興味がないのか、っていう……」

やれやれ、という口調である。

なるほど、僕らからすると、和紙というとどうしても書道用紙や帳面のような記録用のものを思い浮かべるけれど、紙は建材でもあるんだ。方介さんはそういう視点で講習会に興味を持ったのか、と納得した。

「川越の建物で紙がどんなふうに使われているか見て、神部さんのブログでも紹介したい、って。川越の建物で使われている紙を使ってオリジナルグッズを作りたい、とも言ってた。前とは変わったよねえ。なんていうか、生き生きしてる」

先輩はちょっとうれしそうな顔になった。

「お店の形を変えることにも、最初は抵抗があったみたいだけど、いまはすっかり乗り気だしね。結局よかったんじゃないかなーって。まあ、これも遠野くんやべんてんちゃんのおかげなんだけどさ」

目をそらしながら先輩が言った。

「いえ、僕たちはなにも……」

ワークショップにやってきた方介さんと少し話はしたが、たいしたことはしていない。

「そんなことない、俺ひとりじゃうまくいかなかった。あのときは、ありがとう」

先輩は言いにくそうに言った。

「すみません」

遠くから声がした。レジにお客さんがいる。

「あ、ごめん、お客さんだ」

先輩はあわててレジに行った。

僕は店の奥にあるコピー機にコインを入れ、資料を台に置いた。枚数をセットし、スタートボタンを押す。コピー機が音を立て、動きだした。

——結局よかったんじゃないかなーって。

先輩の軽い口調が耳の奥でよみがえる。仲直りできたのは、たぶん方介さんが息子を想ってていたから。笠原先輩もそのことに気づいていたから。すべての家族がそんなふうにいくわけじゃないんだろうけど。

にぎやかな店内を見まわしながら、ほんとうによかったな、と思った。

2

翌日、月光荘での講習会がおこなわれた。

申し込んだ人はほとんど出席。地元の人たちの参加も多く、方介さんの姿もあった。年配の人も多いが、みんな目を輝かせて話を聞き、食い入るようにスライドを見ている。川越の人たちはほんとうに勉強熱心というか、向学心があるんだなあ、と思った。

蔵造り・町家コース、洋館コース、昭和の建築コース、すべてのコースが説明され、伝統建築の工法や様式についての解説もあった。僕がコピーした資料もけっこうな厚さがあったが、真山さんの話はうまくまとまっていて、とてもわかりやすかった。

講習が終わって質疑応答タイムになったとき、真山先生はなぜ伝統建築の改修を専門にされているんですか、という質問が出た。

「それはですね……。実は自分の家はこの町の大工の血筋だったんです」

真山さんが言った。僕もはじめて聞く話で、そうだったのか、と驚いた。

「一族のなかでいま建築に関わっているのは自分だけですが、父方の先祖には大工がたくさんいました。大学生のころ自分のルーツが気になって、本家に残された写真を片っ端からながめたことがあったんですよ」

会場に、ほう、という声が広がる。

「仕事のときの写真も多かったですからね。上棟式の写真もありました。そうすると、しぜんと建物も写真におさまっているじゃないですか。なかの柱の構造がわかるものも多かった。それで古い建築物に興味を持つようになったんですね」

そうだったのか。

真山さんとは、月光荘の工事でも佐久間さんの「豆の家」の建物の工事でも顔を合わせて話もしたが、これまでこの仕事をはじめた理由までは聞いたことがなかった。

「小さいころから建築に興味があって、大学で建築を学ぶというのはなんとなく早いうちから決めていました。祖父母からお前のご先祖さまは大工だったんだよ、とくりかえし聞かされていたというのが大きいんですが、実はその大工という仕事がなんなのかそのときまではよくわかっていなかった」

真山さんは笑った。

「それで大学でも伝統工法をかなり勉強したんですが、仕事になるのかわからなかったので、卒業後はしばらくふつうの建築会社で働いていたんです。それがあるときお客さまの伝手で、川越の伝統建築の改修にたずさわることになって。だんだんそっちが本職になった、という感じです」

参加者から手があがる。

「やっぱり、伝統工法の方がおもしろいんですか?」

「いえ、伝統的なものがいい、というより、改築がおもしろいのかもしれません。いまあたらしい家を建てる場合は建築資材も決まっていて、その組み合わせみたいなことになってしまうんです。それにくらべるとむかしの建物っていうのは、どうやって建てられているのかわからない。壁を剝がしてみたらこんなふうになってたとか、こんな資材使ってたとか、廃材の再利用みたいなものも多くて、そのつど発見がありますし」

質問した参加者は、なるほど、とうなずいている。

「それに、どうやったら外観に影響を与えずに補強できるのか、みたいな工夫もしなくちゃならない。建物によってやり方も変わるし、その手探り感が楽しいんですよね」

真山さんは少し笑った。

「この月光荘でも、最初に改築したときはあそこにある丸窓はなかったんです」

そう言って、丸窓を指す。

「古い写真から丸窓があったことがわかって、次の改築のときに丸窓を作ることにしたんですね。あそこも壁を全部剝がしてみると、前に丸窓があったという形跡が残っていました。そういうことのひとつひとつが発見で、楽しいんです。作った人の手のあとをたどるような感じで、家と会話してるみたいになることもあるんですよ」

家と話す。その言葉にびくんとした。

「ここはどうしてこうなってるんだ、とか。正確に言うと、家じゃなくて、遠いむかしにそれを建てた人と、ってことですけど。そこに出会いがある」

真山さんの言っているのは僕に聞こえる家の声とはちがうけれど、根っこでは近いものがあるのかもしれない。むかしの大工はそうやって家の声を聴こうとしていたのかもしれない、と思った。

講習会のあと、懇親会がおこなわれた。ワンドリンクのみで食べものはなしの簡単なものだったが、みな和気あいあいと語り合っていた。

「今日はおつかれさま。準備、ありがとう」

プロジェクターを片づけていると、真山さんがやってきた。

「いえ。お話、とてもおもしろかったです。資料もわかりやすくて、建物のことが少しわかりました」

「そうか、よかった。こういう会は大学とちがっていろいろな人がいるからね。まったくはじめてという人もいれば、すごくくわしい人もいる。だからどの水準の人でも満足してもらうようにしないと、って、けっこう考えた」

「月光荘に住みはじめて一年以上経ちましたけど、どういう造りなのか全然わかってなかったなあ、と思って新鮮でした。漆喰や建具のことなんかは改築のときに少しうかがいましたけど、建物の構造についてはさっぱりで……」

「まあ、ふつうは住んでてもそんなことまでは考えない。建築の専門家以外はね」

「でも……。さっき真山さん、自分は大工の血筋で、っておっしゃってましたよね。実は僕もそうなんです。母方の家が工務店で、祖父は大工でした。僕の父も店を手伝って大工をしていたんですよ」

「え、そうなの？」

真山さんが驚いたような顔になった。

「祖父は僕が小さいころに亡くなって、店は父が継いだんですが、両親も僕が小学生のときに事故で亡くなったので……」

「そうだったのか。それはたいへんだったね」

「そのあとは店をたたんでしまいましたし、僕は父方の祖父のところに引き取られて、母方の家と縁が切れてしまって。だから、大工の仕事についてはなにもわからないんですけど、なんとなくむかしから建物には興味があったんです」

家の声が聞こえるということもあって、もしかしたら僕にとっては家というのは人工物より生きものに近いのかもしれない。生きもののなかに住んでいるような感じで、部分として考えたことがあまりない。もちろん生きものの身体にも構造はあるのだけれど。

「木谷先生のゼミを選んだのも、教養課程の先生の授業でいろいろな古い建物に行って楽しかった、っていうのもあって」

「文学から古い町並みを読み解くのが専門っていう話だったよね。それは僕たち建築の人間から見ても興味深いなあ。下の地図資料館もおもしろくて、ときどき見てるんだよ」

「そうなんですね。木谷先生も、あの地図のストックのおかげで書けた論文がたくさんある、って言ってました」

「木谷先生と建築関係の人間で座談会ができたらおもしろいかもしれないね」

「ああ、いいですね。ちょっと木谷先生にも相談してみます」

そういえば前に島田さんと三人で話したとき似たような話が出たなあ、と思い出した。

「しかし、そうだったのか。遠野くんの先祖も大工だったとは。いや、改築のときも興味を持っていたし、二軒家の改修のボランティアにも参加していたから、建物に興味があるのかな、とは思っていたんだけど」

「幼少時僕が両親と住んでいた家は、僕の曽祖父が建てたものでした。当時築五十年を超えていた木造建築で……」

「ということは月光荘と同じくらいってことか」

「そうですね」

はじめて月光荘を訪れたとき、むかし住んでいた家を思い出して、なつかしい、と感じたのを思い出した。

「祖父の工務店は所沢にあったんですが、曽祖父のころはこのあたりでも仕事をしていたことがあったみたいなんです。実は川島町に友人の祖父母の家があるんですが、この前その家の棟木に僕の曽祖父の名前があるのを見つけて」

「え、ほんとに？　それって偶然？」

「はい、まったくの偶然です。雨漏りの修理をしていたときに棟木に書かれた名前を見つけたそうで、僕がお邪魔したときにたまたまその話になって、見に行ったら曽祖父の名前だった、という……」

「そんなことがあるんだ」

　真山さんは目を白黒させている。

「ちなみに、そのひいおじいさんって、なんていう人？　本家に川越の大工に関する古文書があったから、調べたらなにかわかるかもしれない」

「ほんとですか？　風間守章と言います。友人の祖父母の家の棟木には『棟梁　風間守章、鳶頭　風間行正』って書かれていて……」

「風間守章？」

　真山さんが首をかしげた。

「どうかしましたか？」

「いや、なんだかその名前、聞いたことがあるような気がして……」

　真山さんが言った。

「うーん、思い出せない。でも、うちの本家にはなにか史料が残ってるかもしれない。来週本家に行く用があるから、そのとき調べてみるよ」

「ありがとうございます。さっきお話しした通り、風間の親戚とは縁が切れてしまって、なにもわからない状態なので、少しでも手がかりがあったら、とてもうれしいです」

「僕のもあいまいな記憶だからなんとも言えないんだけど……。僕自身も気になるし、とにかく探してみるよ」

真山さんがにっこり笑った。


会が終わってみなが帰っていくと、月光荘のなかは急にしずかになった。それでもまだ人の名残があって、僕は余韻に浸りながら丸窓を見あげた。

そういえば、月光荘に最初に住んだ家族は夜逃げしたんだった。ここに越してきたばかりのころ、「羅針盤」の安藤さんに聞いた話を思い出した。

戦後すぐの話だ。空襲で焼け出され、親戚を頼ってここに来た家族が、戦後月光荘を建てた。丸窓があるせいで、まわりからは月光荘と呼ばれていた。

月光荘は改築されて丸窓はなくなり、ほかの人に貸し出された。月光荘という呼び名もいつのまにか忘れられてしまった。住んでいた老夫婦が亡くなり、また空き家になった月光荘を相続した島田さんが真山さんに依頼して、もとの形に戻したのだ。

人はいつか死に、次の世代に代わっていく。前の代のことがすべて伝えられるわけじゃない。大事なこと、役に立つことだけが継承され、ほかは忘れられていく。僕だって、風間の祖父母は覚えているが、祖父母が語った曽祖父の話なんてほとんど覚えていない。

人は移り変わり、かつてあったことも忘れていく。だが町のあちこちにむかしの跡が残っている。建物や石碑のように形のあるものもあれば、地名のように形のないものもある。そういうものにふれたとき、ここにずっとむかしにも人が生きていた、という実感が、さあっとあざやかにきらめく。

月光荘は古い建物だから、寒かったり暑かったり、不便なところもたくさんある。でも、ここにしかないものもたくさんある、と思う。

丸窓を見ながら月光荘に呼びかけた。

「なあ、月光荘」

「ナニ」

月光荘が答える。

なぜか突然、家の声を聞く力があってよかった、という思いが胸のなかに満ちてきた。家の声を聞けたから、こうやって月光荘と話もできる。役には立たないかもしれないが、この力を与えられたことはこの上ない贈りものだ。

「なんでもない」

そう言うのがやっとだった。それ以上なにか言ったら、心のなかが高く波立って、あふれてしまう気がした。

「モリヒト」

月光荘が言った。

「なに?」

「モリヒト、ツヨクナッタ」

「え?」

「イロンナヒトト、タクサンシャベッタ」

強くなった? そう言ったのか?

「そうだな」

たしかにその通りだ。ここに来たころの僕はもっと無口だったし、受け身だった。月光荘をイベントスペースにする。そのためにはちゃんと人の話を聞き、自分も人と話さなくちゃいけない。そういう義務感もあるけれど、最近は純粋に人と話すのが楽しい。

知らないことばっかりだ、と思う。

「タノシソウ。イイコト」

月光荘がうれしそうに、歌うようにそう言った。

三日目の昭和の建築コースの最後には、改築中の二軒家の見学がはいっている。二軒家とは、喜多院(きたいん)の先、仙波日枝(せんばひえ)神社の裏手にある古い家である。

僕が二軒家に出会ったのは正月のことだった。空き家で、幽霊屋敷のようになっており、なかから不思議な声が聞こえる、という噂(うわさ)があった。いろいろあって、もともと同じ形の二軒の家がならんでいたこと、一方が焼失したことなどを知ったのだ。

残った一軒をなおして昭和の暮らしを紹介する資料館にすることが決まり、僕も改修工事前の掃除のボランティアに参加した。だからなんとなく、二軒家のことはずっと気になっていて、近くを通ったときには外から様子をうかがっていた。

最近は修論と月光荘の仕事が忙しくなって行けなくなっていたが、講習会で内部の写真のスライドを見ているとやはり気になる。午後だけなら代わりに番にはいれる、と言ってくれる学生がいたので、二軒家見学の部分だけツアーに参加させてもらうことにした。

ツアー三日目、交代の学生がやってきてから月光荘を出て、二軒家の方に向かった。まだまだ日が高く、暑い。歩いているうちにじわじわと汗が出てきた。

僕が二軒家に着いたときには、ツアーの人たちの姿はなかった。庭の外から二軒家を見あげる。外側の壁も塗り直され、すっかりきれいになっていた。

最後にここに来たのはいつだろう。六月ごろだったか。そのときは庭の草ものび放題になっていたが、いまは刈りこまれ、すっきりしている。

改修の経緯は講習会でも説明があった。二軒家は昭和三十五年築の木造二階建て。建物の構造はしっかりしていたので、柱に少し補強を入れたりする程度だったが、長いこと使っていなかったので、水道管や電気の配線工事に手間がかかったらしい。壁紙もところどころ黴びたり破れたり、床板もいたんでいるところが多かったので張り直した。

もともとあった家具も、展示できそうなものはすべて汚れを取り除き、必要なものは修繕した。いまは襖や障子を貼りながら、家具を戻して配置する作業をおこなっているらしい。

昭和四十年代になると洋室主流の家が増え、和室はあっても障子や縁側はない建物が増えたそうだが、二軒家には一階、二階とも和室があり、一階には広い縁側もある。その分、襖や障子も多いという話だった。

庭の木陰で休んでいると、道の方からがやがやと声がした。ツアーの人たちがやってきたらしい。真山さんにあいさつし、いっしょに建物に入れてもらった。真山さんの解説を聞きながら建物全体をひとまわりした。

最初に見たときは廃屋だったのにな。きれいになった二軒家を見るのは、なんだかうれしかった。一階の和室では、障子を貼る作業がおこなわれていた。方介さんは熱心にメモを取りながら、建具の職人さんと話しこんでいた。


二軒家を出て、月光荘に帰る道すがら、方介さんといっしょになった。

「いやあ、この三日間、楽しかったねえ」

方介さんは満足そうに言った。

「やっぱり、いくつになっても、勉強するのはいいことだね。同じことばっかりやってると、頭が錆(さ)びついてしまう」

そう言って、にこにこ笑った。

「建具の業者の人とずいぶん話しこんでましたよね」

「そうそう。うちもいまは文具ばかりだけど、むかしは障子紙も扱ってたからね。やっぱり興味があるんだよ」

「はい、笠原先輩からも聞きました」

「川越のあたりでも、障子紙を使う人は減ったからね。みんなホームセンターに買いに行くし、うちではもうずいぶん前に扱うのをやめてしまった」

「そうなんですね」

「でも、和紙の発展にとって、障子紙や襖紙はとても大切なものだったんだよ。いまでも紙作りの場に行くと、すばらしい障子紙を目にすることがある。襖紙も染めやら箔やら技術はいろいろあって、奥が深いんだ」

方介さんが目を輝かせた。

「きれいな光を見るために白くて薄い障子紙を作り、家を彩るためにうつくしい襖紙を貼り、もちろんそんなことができるのは一部の豊かな人だけだったのかもしれないけど、そういう努力の積み重ねで、すばらしい紙ができるようになった」

その顔を見ていると、方介さんはほんとうに紙が好きなんだな、と思う。

「むかしの人が木と紙で家を作り、そこに住んでいたことを思うと、胸がしめつけられるような気持ちになる。そうやって命をつないできてくれたんだなあ、って。神部さんのブログ、っていうのかな、この前そこに宗介が文章を書いてくれたんだ。せめてそうやって書き残さないと、みんな消えてなくなってしまうからね」

「はい、先輩から聞いて、僕も読みました。写真もはいっていて、わかりやすかったです。あんな苦労をして紙を作っていたなんて」

先輩と別れて月光荘に戻り、講習会の準備を終えたあと、じっくりブログを読んだのだ。

そこには美濃市でおこなわれている紙漉きの工程がくわしく書かれていた。

楮の皮をはぎ、川の冷たい水にさらし、白い皮のなかに混ざった茶色い塵を何日もかけて人の手で取り除く。本美濃紙の白さはそうやって生まれる、とあった。

「いまも『本美濃紙』と冠されるものは伝統的な道具と手法で作られているんだよ。むかしながらの手法で蒸して木の皮をはぎ、人の手で塵を取り除く。むかしと同じ木でできた簀桁で漉く。面倒で、時間のかかる作業だ。もう作れる人の数もかぎられている」

「でも、まだそうやって作られている紙があるんですね」

「手法まで含めての文化遺産だからね。機械に置き換えればスピードがあがって、生産性も高くなる。でも単純になる。質が落ちる、とは言わない。機械漉きでも質のいいものはある。だけど、やっぱり機械だからね。できることの幅が定まってしまう。人の目や人の手にはおよばない」

方介さんはそう言って大きく息をついた。

「作り続けなければなくなってしまうんだよなあ。結局、実際に作業しながら伝えるしかないんだよ」

「記録は残ってないんですか」

「記録だけから作業を再現することは不可能だと思う。まれに古文書から手法を再現したみたいな話も聞くけど、それは技術に長けた人の力があってこそで、なにも知らない人が記録を見てもどうにもならない」

講習会で真山さんが言っていた左官や大工の世界とも通じる話だ。人から人へしか伝えられない。それだけ繊細で複雑な要素を持っていたということだろう。

「ものを作るというのは、むかしはその素材の専門家になる、ってことだったんだ。作り手であると同時に研究者なんだよ。木や草や土やそういう自然にあるものを知って、どうやって加工するか考えて。身体を使い、手や指先の微妙な感覚で取り組んでいた」

たしかにそのような技術は体験によってしか継承されない。一度失われたら、取り戻せないものなのだろう。

「今日も職人さんにいろいろ話を聞いてね。二軒家の襖紙、ぱっと見た目は地味だけど、なかなか凝った紙を使っていた。当時の雰囲気を出すために、壁紙も襖紙も老舗の店をいろいろあたったみたいでね」

「そうだったんですね」

僕にはさっぱりわからないが、見る人が見ればわかるのだろう。

「いやあ、とにかく有意義な三日間だった。こういう機会を作ってくれたことに感謝してますよ。月光荘、これからもがんばってください」

力強くそう言って、僕を見た。たしかに方介さんは変わった。生き生きして、いろんなことに意欲的になったように見える。

――結局よかったんじゃないかなーって。

先輩の言葉を思い出した。

「ありがとうございます。神部さんと先輩もワークショップをしてくださるそうですし、いつか笠原さんにもいまのような紙の話をお願いできたら……」

「いやいや、わたしの話なんてたいしたもんじゃないから」

方介さんは、ははは、と笑って手を振った。

3

次の週のはじめ、金子さんから月光荘のマークのデータが送られてきた。

見て、驚いた。シルエットだけの単純な形だが、なぜかちゃんと日本家屋に見える。僕が描くと鳥の巣箱か灯台のようになってしまうのに。どうしてだろう、と思いながらじっと見て、気づいた。下屋(げや)があるのだ。一階部分の屋根である。たしかに月光荘にも下屋がある。これなら月光荘も納得するかもしれない。

下にロゴがはいっていた。ロゴは二案あり、ひとつは漢字で「月光荘」、もうひとつはアルファベットで「Gecko-so」。

金子さんによると、gecko は英語でヤモリをさす。日本では家の中の虫を捕食するところから、家を守る＝「家守」「守宮」と書かれ、縁起のよいものと見なされることが多いらしい。

月光荘のアルファベット表記についてはまだ考えたことがなかった。川越には外国人観光客も多いし、サイトにも英語ページを作った方がよいのでは、という話も出ていたところだった。

この件は僕ひとりでは決められない。島田さんにマークを二案とも送り、判断を仰いだ。すぐに返信が来て、ヤモリの話はおもしろいから英語表記は「Gecko-so」にしたい、でもマークとしては漢字の方が雰囲気が出る、漢字にしよう、と書かれていた。

金子さんに伝えると、翌日、サイトでも印刷物でも使えるようにデータを調整して送ってくれた。シンプルだがどこかかわいい形で、島田さんも満足しているようだった。

夕方、地図資料館を閉めていると、どこかからか、おおい、という声が聞こえた。少し離れたところに真山さんがいて、こっちに手を振っている。

「よかった、遠野くん、いたんだね。知らせたいことがあって。電話しようかとも思ったけど、近くまで来たからついでに……」

真山さんは早足に近づいてきて、そう言った。

「なんでしょう?」

「風間守章のことだよ。今日の昼間本家に行って、むかしの史料を見たんだ。風間守章、たしかにここで仕事をしてたよ。近隣じゃ有名な棟梁だった」

「ほんとですか?」

驚いて訊きかえす。

「じゃあ、この町のなかにも曽祖父の建てた家が?」

「それは……。あるかもしれないが、残っているかは……」

真山さんが語尾を濁す。

「数が少ないということですか?」

「それもあるんだけど、ひいおじいさんがこのあたりで仕事をしていたのは、昭和のはじめごろで、昭和三十年ごろにはよそに移ってしまったみたいで」

それが所沢ということなんだろう。そういえば祖父母からもそんな話を聞いたことがあるような気がする。

もともとは埼玉のもっと奥の方で仕事をしていたが、所沢のあたりにも親戚がいて、伝手でときどき所沢の仕事も請け負っていたとか……。僕たちが住んでいた家も、そうやって知り合いに頼まれて建てたものだった、と言っていた気がする。

「戦前には家も建てていたと思うし、あの川島町の遠山邸の建築にもかかわっていたみたいだ」

やっぱり。うっかり声に出してそう言いそうになり、おさえた。曽祖父が遠山邸の仕事にかかわっていた。遠山邸の話からそうではないか、と思っていた。でも、それは建物の声が言ったことだ。人から聞いたわけでも、書物を見たわけでもない。

「遠山記念館、行ったことがあります。その川島町に住んでいる友人に連れられて」

「へえ。すごかっただろう？　日本の建築技術の粋を集めた建物だからねえ。それだけ腕の立つ大工だったってことなんじゃないかな。でも、戦争中の記録はない。まあ、戦争中はあたらしく家を建てること自体、なかったんだろうけど」

「兵役もあったと思います。終戦近くなってから召集がきて、でも結局戦地に行くことはなく戻ってきた、という話を聞いたことがあります」

おぼろげな記憶だが、そんな話を聞いたことがあった。

「そうか。工場の技術者なんかは特例で兵役をまぬがれていた、と聞くけど、大工や職人は召集されてたみたいだからね。あまりくわしくは知らないけど、それで途絶えてしまった技術もたくさんあるみたいだ」

遠山記念館に行ったとき、田辺から似たような話を聞いたのを思い出した。

「左官にしても、建具にしても、この人しかできない、っていうことがたくさんあったんだよね。人には教えないだろうし、弟子だって見て覚える、みたいな感じだったんだろう。だからその人が亡くなったら、もうだれにも作れない。再現もできない」

「残念なことですね」

「そういうわけで、この町に建物が残っているかはわからないんだけど、君のひいおじいさんの風間守章は、家を建てるというより、家を直すことで有名だったみたいなんだ。遠山邸に関しても、ときどき点検する役を負っていたらしい」

「家を直す？」

修繕、ということだろうか。そういえば喜代さんの家もそんなことを言ってたな。イシヤトオナジ、とか……。

「そう。『家の医者』って呼ばれてたみたいだ」

「家の医者……？」

その言葉にどきっとした。あのときは大工だから修理もするだろう、ぐらいに思っていたが、どうやら修理に特別な力を持っていたということみたいだ。

「当時のことにくわしい人に訊いたらちゃんと覚えてたよ。家の不具合やその原因を見通す力があって、だれが建てた家でも直せる、って言われてたらしい」

家の不具合やその原因を見通す力……。

それはもしかして、家の声を聞けたから？

「守章に『土台が危ない』って指摘されて、調べたらシロアリに食われていた、とか、外からはわからないうちに、不具合を言いあてることができた、とか。いろいろ不思議な言い伝えがあるみたいだよ」

家の声を聞くことができれば、不具合の原因を探るのもたやすいだろう。なにしろ本人に訊くことができるのだから。病院での問診のようなものだ。

「だから『家の医者』……」

喜代さんの家はそのことを言っていたのか。

「当時は建築資材も人手も少なかった。そんななかでも守章に頼めばうまく直してくれる、と評判だったらしい」

つまり、やはりあれは夢ではなく、ほんとうにあの世界に行って家と話した、ということとなのか。

「でも、君が風間守章の曽孫だったとは。ちょっと、というか、かなり驚いたよ。そんなこともあるんだなあ」

真山さんが天井を見あげる。

「この前、新築の仕事より、古い家を改築することに興味があるって話したよね。僕はたぶん、建築家のくせにあたらしいデザインみたいなものにそんなに関心がなかったんだと思う。大学の同期のなかには、大きな公共建築にたずさわっている人もいるし、実験的なデザインの家を作り続けている人もいるけどね」

真山さんは笑った。

「古いからいい、とか、あたらしいものはつまらない、とか、そういうことじゃなくて、かつて作られたものを紐解いて、後世に残す方法を考える方がおもしろいんだよねえ。それで、前に『家の医者』の話を聞いたときおもしろいと思って、印象に残ってたんだ。でも、まさか遠野くんが曽孫だったとは……」

真山さんはふたたび僕の顔を見て、不思議なこともあるもんだなあ、とうなった。

「曽孫といっても、僕は会ったこともないんですけど」

「いやいや、知らないのに月光荘に住むことになった。それ自体が奇跡だよ。そういえば、施主の島田さんも、君が来てから月光荘の雰囲気がやわらかくなった気がする、って言ってた。月光荘も守章のことをどこかで知っていて、守章の曽孫が来たと思ってほっとしたのかもしれないね」

月光荘が曽祖父を知っていた？

真山さんからしたらちょっとした冗談のつもりだったのだろうが、遠山記念館も喜代さんの家も、僕を見てすぐにモリアキと呼んだ。そっくりだからまちがえたということらしい。むかし祖父母にも似ていると言われていたから、きっとそうなんだろう。

だが、月光荘に関してはそれはない。最初にここに来たとき、月光荘はそんなことはひとことも言わなかった。

「教えていただいてうれしかったです。『家の医者』と呼ばれていたんですね。なんだか誇らしい気持ちです」

家の声を聞く力。これまでなんの役に立つかわからなかったけれど、曽祖父はその力を人々のために有効に使っていた。ちゃんと意味のある力だったのだ。

遠山記念館も喜代さんの家も、曽祖父を慕っているようだった。かつて曽祖父はあちらこちらの家を訪ね、その家たちと楽しく語り合っていたのかもしれない。そのことがうれしく、自分もなにか大きなものにつながったような気がした。

八月の下旬、木工のワークショップが開催された。

主催者は真山さんから紹介された内野さんという家具職人で、狭山で木製の家具を作る工房を営んでいるらしい。日本家屋に合う椅子やテーブル、棚などがおもな商品で、サイズや材質を選んでオーダーすることができるのだそうだ。

木の感触に親しみながら、道具の扱いや、木の加工の基礎を学ぶ。一、二時間程度で完成するもの、ということで、キーホルダーを作ることになった。

あらかじめ切り出した円盤型、直方体、ハート型、星型などの木片から好きなものを選んでもらい、やすりをかけ、表面をなめらかにする。アルファベットと記号を組み合わせた焼印を押し、蜜蠟ワックスで仕上げる。

最後に金具か革紐のどちらかを選んで取りつける。そのまま持ち帰り、一晩おく。時間をおくことで蜜蠟ワックスの油分が浸透するのだそうだ。その後もう一度乾拭き。二、三日経つと自然なつやになるという話だった。

作業としては、やすりがけ、焼印、ワックス仕上げだけで、刃物や大きな工具は使わない。子どもも可としたので、夏休みの自由研究のために参加する小学生も多かった。

木片を選ぶところが混み合うので、時間を少しずつずらしたりする工夫も必要だったが、内野さんがこうしたイベントに慣れていることもあって、スムーズに進行した。

子どもたちのなかには、最初は集中できずにとなりの子と話したり、ひとりでぶつぶつ文句を言っている子もいたが、やすりがけをはじめてしばらくするとなぜかしずかになり、黙々と手を動かすようになる。

その姿を見ていると、子どものころ父から木工を教わったときの記憶がよみがえった。積み木に車、輪ゴム鉄砲、木のパズル。父とふたりで糸鋸を使い、やすりをかける。ふたりとも作業に没頭して会話もなかったが、あの時間は楽しかった。

大工だった僕の父は木工も得意で、よく木のおもちゃを作ってくれた。僕も道具の扱いを教わり、いっしょに作るようになった。小学校にあがるころには、小刀、錐、鋸、糸鋸などたいていのものは使いこなせるようになった。

遠野の祖父に引き取られてからは道具を手にしていなかったが、一度手が覚えたものは忘れないらしい。祖父の家でも何度か家の細かい不具合を見つけ、直した。どうすればいいかだいたい予想がついたし、家にある道具でたいていのものは修理できた。

祖父は父が大工になったことをよく思っていなかったから、僕が工具を持つことにもいい顔はしなかった。だが実際に直してみると、器用なもんだな、と、素っ気ない口調ではあるがほめてくれた。

僕もなにか作ってみたい。作業を見ているうちに、なぜかむくむくとそんな気持ちが湧いてきた。小さいものでいい。木を切ったり、やすりをかけたり、そういう作業をしてみたくなった。

方介さんも言っていたが、ものを作るとは素材と向き合うということでもある。いまは修論のために文献を調べたりパソコンに向かう時間がほとんどで、目にするのは文字ばかり。もちろんそこには深い世界が広がっているが、手作業には手作業の、手で感じる豊かさがある。身体がそういうものを求めているのかもしれない、と思った。

ワークショップが終わり、内野さんの片づけを手伝った。道具をまとめ、使いかけのサンドペーパーや布を束ねる。

「今日はありがとうございました。いつもはうちの工房の作業場でワークショップをしていて、作業机は広いし、道具もそろってるし、それはそれで便利なんですけど、こういう古い木の家で作業するのもいいですね」

内野さんが言った。

「大きな作業ができないからやすりがけ中心だったけど、それもよかった気がする。地味な作業だけど、その分、木の手触りを感じられるし……」

「そうですね。むかしの人たちの暮らしに思いを馳せながら作業しました、って言ってた方もいらっしゃいましたよ」

　内野さんは真山さんとは大学の同期で、最初はハウスメーカーで働いていた。だが、途中でどうしても木を生かした仕事をしたくなって、独立して家具工房を作ったのだと聞いていた。

「内野さんはハウスメーカーから独立して家具職人になった、って聞きましたが、どうしてなんですか」

　気になって訊いてみた。

「僕はもともと岐阜県の山林の近くの出身でね。木材が採れる環境だから、まわりにけっこう家具の工場があったんですよ。子どものころから木工にも親しんでたし。家を建てる仕事も楽しかったんだけど、途中でちょっとちがうような気がしてきて」

「どうしてですか」

「やっぱり天然の木にこだわりがあったのかもしれないなあ。白川郷の合掌造りとか、飛騨高山の古い家とか見ると、天然の木をそのまま使って縛りあげて、っていう感じで、それであんなに大きなものを作りあげるんだから、ほんとうにすごい」

「そうなんですね。合掌造りは僕は写真でしか見たことないですが……」

「合掌造りの作り方の映像を見たことがあるんだけど、ほんとに人の手だけでおこなっているんだよねえ」

内野さんがにこにこ笑う。

「大勢の人で木に縄をかけて引っ張る。いまの世の中ではあんなものはそうそう作れない。大きな木自体なかなか手にはいらないしね。いまは建築物でも家具でも集成材を使うことが多くて、それはそれで便利だけど、木の感触を味わうなら無垢材（むくざい）の方がいい。家は無理でも家具なら、って思ったんだよ。まあ、うちも無垢材ばかり使っているわけじゃないんだけど、できるだけ木の風合いを生かした作りにしたいと思ってるんだ」

内野さんも真山さんも神部さんも、いったんは別の仕事についたけれど、途中でほんとうの自分の道を見つけた、ということなんだな、と思った。

「今日は僕も見ていてとても楽しかったです。実は、僕の父も木工が得意で……」

「ああ、大工をしていたんだって？　真山くんから聞いた」

「そうなんです。それで、子どものころ、よくいっしょに木のおもちゃを作りました。だからなんだかなつかしくなって、久しぶりに僕もなにか作ってみたいなあ、って。基本的な工具は持ってますし……」

「そうなの？」

内野さんがにまっと笑った。

「じゃあ、残った木材と蜜蠟ワックス、少し置いていこうか？　あとサンドペーパーも」

内野さんは机の上にまとめられた木材やワックスの容器を見た。

「え、いいんですか？」

「いいよ。木材はこのワークショップ用に切り出したものだから、持って帰っても使い道がないし。蜜蠟ワックスも……」

そう言って、缶をいくつか開く。

「この缶はもう残り少なくなってるし、これを置いていくよ」

「そんな……」

「いいよ、いいよ、木に親しむ人が増えるのは僕としてもうれしいから」

内野さんがワックスの缶をぐいっとこちらに押し出した。

「あ、ありがとうございます。ではありがたくいただきます」

お辞儀をして受け取った。

「蜜蠟ワックスというのははじめて見たんですが、なかなかいいものですね。匂いもないし、仕上がりも自然で……」

「そうなんだ。塗料とちがって木の呼吸を止めずに保護するから、調湿作用を損なわないんだよね。それでいて、ちゃんと撥水作用もある。初心者でも扱いやすいし、木目もきれいに出るし」

内野さんによれば、やわらかくのびがいいので塗りやすく、ゆっくり染みこむのでムラもできにくい。塗ってしばらくしてから拭き取るだけでさらっと仕上がるらしい。

「それに、木だけじゃなくて、革にも使えるんだよ。古くなった木や革に塗ればつやがよみがえるし、持っていて損はない。使い方はワークショップ見てたからわかるよね」

「ええ、なんとなくは……」

「ああ、じゃあ、この塗り方の紙も渡しておくよ。サンドペーパーは……」

内野さんは机の上のサンドペーパーから使えそうなものをより分け、ワックスを拭き取るための布も合わせて机に置いた。

「これだけあればできるはずだよ。あとは、革紐と金具、どっちがいい？」

「いえ、そこまでは……」

「大丈夫、大丈夫」

内野さんがにこやかに微笑む。僕は革紐の方を選び、お礼を言って受け取った。

4

内野さんが帰ったあと、さっそくなにか作ってみよう、と思った。丸や四角の木材を手に取り、ながめる。このままの形でもいいけど、もうちょっと工夫したいよなあ。

遠野の家を出るとき、工具入れは持ってきた。小型の鋸（のこぎり）や糸鋸（いとのこ）、錐（きり）やハンドドリルなど基本的な工具はそろっているから、木材を別の形に加工することもできる。

そうだ、月光荘のマーク。

金子さんが送ってくれた月光荘のマークが頭に浮かんだ。丸窓のついた家の形。木材のなかでいちばん大きな長方形から切り出せば、あの形を作ることができそうだ。

さっそく金子さんからもらったデータを木材の大きさに合うように調整し、プリントアウトする。ハサミで切り抜き、木材に形を写した。

押入れから工具入れを出す。二階には座卓しかないので、鋸は使いにくい。階下のキッチンのテーブルでおこなうことにした。造りつけのテーブルで、頑丈だしゆれることがない。

周囲は全部直線だから、そんなにむずかしくない。細かい作業なので、全部糸鋸で切ることにした。テーブルにクランプで木材を固定し、ノコ刃を選んで穴に通し、たわまないように留める。

——ノコ刃は材料に対して垂直にあてるんだ。垂直にあてて、まっすぐ、小刻みに上下させる。角度をつけちゃダメなんだぞ。刃がぶれてうまく進まなくなる。それに、ぶれると刃が折れたり、曲がったりして危険だから。

父の声が耳奥によみがえった。うしろから父の手がのびて僕の手をそっと支えてくれたような気がして、小さいころはよくそうやって教えてくれたなあ、と思い出した。父の手はとても大きかった。手のひらの肉が厚く、がさがさしていたが、あたたかかった。

丸窓はハンドドリルと糸鋸でくり抜くことにした。ハンドドリルで穴をあけ、ノコ刃を穴に通す。

——曲線に切るときはゆっくりノコ刃をまわす。変な力を入れずに動かすんだよ。力を入れすぎるとノコ刃がゆがんで折れることもある。それに、力をこめない方が切断線もきれいに仕上がるんだ。あせらず、ゆっくり。

父の声にしたがって、刃をゆっくり動かす。こういう作業はできるだけていねいにしないといけない。ちょっとくらいいいか、と思って凸凹を残すと、やすりをかけるのもたいへんだし、結局きれいに仕上がらない。

切断線がつながり、すとんと丸い木片が外れる。丸窓の穴があいた。久しぶりだったがまあまあきれいにくり抜くことができ、父の声に感謝していた。

ハンドドリルを使って、丸窓の上にもうひとつ、紐を通すための小さな穴をあけた。そのままキッチンでサンドペーパーを使って木を磨いた。金子さんのデザインの雰囲気を考えると、角は丸めずエッジを残したままの方がよさそうだ。面だけをしっかり磨き、細かい凸凹を取る。

やすりをかけながら、父のことを考えていた。父は遠野の家の三男だった。祖父は大手商社で取締役まで出世した叩き(たた)あげで、自分の息子たちも大企業で出世するように育てた。進学校に通わせ、上のふたりは有名大学から大手企業に就職した。

だが父だけはちがった。建築学部に入学し、祖父から大手の建設会社に就職しろ、と言われたのに、青年海外協力隊にはいったのだ。マレーシアに渡り、数年間建築にたずさわっていたらしい。木のおもちゃを作るのが得意なのは、現地の子どもたちと遊んでいたからだという話も聞いた。

帰国してからも父は遠野の家には戻らず、風間家の営む工務店で働くようになった。むかしながらの棟梁制の工務店で、棟梁だった祖父が設計から工事までおこなっていた。父はその下で修業し、大工として働いていた。

そのかたわらバックパッカーとしてときどきアジアのあちこちをめぐっていたらしいが、店の経理をしていた母と結婚して僕が生まれてからは、あまり旅行に行かなくなった。家を建てるのが楽しくなった、そう言っていたのをよく覚えている。

父も母ももういない。三人で過ごした日々は決して戻らない。あのころ暮らしていた家も、遠野の祖父が処分してしまって、もうどこにもない。

父母がいなくなってから、黒い穴のような空白が僕のとなりにいつも口を開けていた。穴は手でつかむことも、どこかに捨て去ることもできない。悲しいとかさびしいとかいうのとは別に、ともかく穴がそこにあること自体が苦しくてならなかった。

川越に越してきたことで、僕にも「いま」があり「未来」があるのだということを少しずつ感じられるようになってきたが、それまでの僕は幽霊みたいだった。

だけどもしかしたら、いまは穴になってしまったそれがかつてほんとうにあったということが、僕にとっての宝なのかもしれない、といまは思う。

これでなめらかになったかな。

木の肌をなでて確認する。表面はつるっと平滑(へいかつ)になっている。蜜蠟ワックスや布は上の机に置いたままだったから、二階に戻ることにした。

机の上の蜜蠟ワックスの缶の蓋を開ける。かすかに植物油の匂いがした。

「これで塗りこむのか」

内野さんからもらった塗り方の説明書を見ながら、机の上の白い布を手に取る。ワックスを少し取って木材につける。説明書には、木目に沿ってしっかり塗りこむ、と書かれている。やわらかいからなめらかにのびるし、塗るのに手間はかからなかった。

できあがったプレートを電球の光にかざす。

「ソレ、ボク?」

そのとき、月光荘の声がした。

「そうだよ」

ミニチュア月光荘を光にかざしながらそう答えた。

「チイサイ」

「そう。これならカバンにつけて持ち歩けるだろう?」

「デカケラレル?」

「そうだね」

「ボク、デカケラレルンダ」

「え？」

月光荘の言葉に、なにか勘違いしているのかな、と思った。

最初の「デカケラレル？」に「そうだね」とうなずいたのは、ミニチュア月光荘を持って「僕が」出かけられる、という意味のつもりだった。だが月光荘の言葉だと、自分が出かけられる、と取ってしまったみたいに思える。

「出かけられるのは、この小さい月光荘だけだよ」

「ワカッテル。デモ……」

月光荘の言葉の語尾がもごもごとなる。

「もしかして、月光荘は出かけたいのか？」

「ソウ」

月光荘が答える。家が出かけたいと思っている。そんなことは考えたこともなかったので、かなり驚いた。

「モリヒト、イツモ、ドコカニデカケル。タノシイ？」

月光荘に訊かれ、ちょっと困った。

「楽しい、ときもあるけど、別にそうじゃないときもあるよ。大学とか、買い物とかは、行かなくちゃいけないから行くんだ。楽しいとはかぎらない。まあ、出かけた先で楽しいことがあったりもするけど……」

なんだかぼんやりした説明になる。

大学に行くのは学業のためだが、木谷先生やゼミ生と話せば楽しいし、学業自体が苦しいこともあるけど楽しいわけだし、日々の食材の買い出しだって店でなにかしら発見があったり、予想外にいいものが手にはいったりすることもあるわけで……。

「ニンゲン、ミンナ、デカケル。ナニガアルカ、ミタイ」

「そうかあ」

ぼんやり答え、天井を見あげた。そうかもしれないなあ。家だって、住んでる人が出かけるのを見ていれば、外になにがあるんだろう、って思うのかもしれない。

月光荘が出かけることに憧れている、というのがなんだか微笑ましかった。といって、かなえることはできないが。

「じゃあ、出かけるとしたら、どこに行きたい？」

「ウミ！」

即答だった。

「海？」

「ウーミハ　ヒロイナ　オーキイナー」

月光荘が歌った。

「月光荘、その歌、好きだよね」

「スキ。アト、ツキ」

「ああ、『月』」

僕がここに来たとき、最初に月光荘が口ずさんでいた歌だ。そのときはめちゃくちゃな音程で、なんだかわからなかったけれど。

「デモ、ツキハシッテル。ミエル。ウミハ、シラナイ」

「そうか、そうだよな」

常にここにいるのだから、月光荘が見ることができるものはかぎられている。

「ええと、海っていうのはさ……」

海の写真が載っている本かなにかないかな、と思ったが、あいにくそんなものはない。仕方なくスマホを取り出し、海の画像を検索した。

「海っていうのはこういう感じで……」

写真を画面に出す。

「見えるかな?」

「ミエル。デモ、オオキクナイ」

月光荘に言われて、うーん、となった。たしかに、大きくない。なにしろスマホの写真なのだから。

島田さんに買ってもらったプロジェクターとスクリーンに映せば、少しは大きなものだと思ってもらえるだろうか。たしかあの機械はスマホとも接続できたはず。

そう思ってなんとか接続し、ネットで見つけた海の映像を流してみたが、月光荘はぴんとこないようだった。月光荘にとってはプロジェクターの画面だってそんなに大きく感じられないのかもしれないし、海の姿や動きは見えるし、波の音も聞こえるけれど、匂いも奥行きも空気もないのだ。

映像はやっぱり代わりでしかない。海に行ったことがある人なら海を思い出すことができるだろうけど、映像だけを見ても伝わらないだろう。

「そうか。ごめんなあ」

「ダイジョウブ。モリヒト、ワルクナイ」

残念がっていると、なぜか月光荘がなぐさめてくれた。

「そういえば、月光荘もお正月には出かける、って言ってたよね。ヒトになって、みんなで集まる、って。あれって、どんなとこなの?」

喜代さんの家で見た白い世界に行った夢を思い出し、訊いてみた。前に訊いたときは、月光荘もいまほど上手にしゃべれなかった。いまならもう少し話を聞けるかもしれない。あの夢と同じ場所なのか、それともちがうのか。

「ドンナ……？」

月光荘が黙ってしまう。

「そこは、お正月しかないの？」

僕が見たのはお正月じゃないし、喜代さんもときどき行くと言っていた。

「イツモアル。デモ、イツモハ、ミンナ、イナイ」

「そうなのか」

つまり、世界はいつもあるが、みんなが集まるのはお正月、ということか。

「トキドキ、イク。デモ、ウミトハ、チガウ。イロモ、ナイ」

「色がない？」

「シロイ」

月光荘が言った。

「白いのか」

思わず身を乗り出す。となると、僕が見た夢の世界と同じかもしれない。

「シロイ」

月光荘がくりかえす。

「実はさ、この前、夢を見たんだ。田辺って、僕の友だちのおじいさん、おばあさんの家に泊まっただろう？　あのとき。田辺のおばあさんの喜代さんは、僕と同じで家の声を聞けるんだ。それで、その家とも話した。夢のなかでも」

「フウン」

月光荘が言う。

「その喜代さんの家を建てたのが、僕のひいおじいさんだったんだよ」

「ヒイオジイサン？」

「ああ、ええと、おじいさんのお父さん、ってこと」

「ヘエ」

月光荘はぼんやり答える。理解したのかどうか、よくわからない。

「そうそう、それでさ。その僕のひいおじいさんは、風間守章っていうんだけど」

「カザマ、モリアキ。シッテル」

月光荘はすぐに答えた。真山さんと話していたのを聞いていたのか、と思った。

「イエノ、オイシャサン」

「そう。真山さんと話してたのを覚えてるのか」

「チガウ。マエニ、ナオシテクレタ」

「えっ」

思わず、聞きまちがいかと思った。

「守章に診てもらったことがあるの?」

「アル。ムカシ」

守章に診てもらった?

つまり月光荘も曽祖父を知っていた、ということか。

意外な話に頭がついていかない。

「むかしって、いつ?」

「マルマド、アッタ。オンナノコ、イタ」

最初の家族が住んでいたころ、ということ?

それなら、どうして月光荘は僕を見たとき曽祖父を思い出さなかったんだ?　遠山邸も、喜代さんの家も、みんな僕を見て守章だと思ったのに。

「その守章なんだけど、僕に似てたかな?」

「ニテナイ」

月光荘がすぐに答えた。

似てない？

「ゼンゼン、チガウヒト」

答えを聞いて、なんだかわからなくなった。似てる、似てない、は個人の主観によるところも大きい。だが、祖父母も、遠山邸も喜代さんの家も、そっくりだと言っていたのに、全然ちがう、とは？

もしかして、月光荘をなおしたのは、同じ名前の別人だったのか？

それ以上話してもわけがわからず、結局そのままになった。

5

九月にはいると大きなイベントは減って、僕は修論に集中した。九月の下旬には大学もはじまり、木谷先生に中間報告をしなければならない。推敲（すいこう）の時間を考えて、十月中にいったん最後まで書きあげるように言われていた。

毎日朝早く起きて、月光荘の掃除をし、地図資料館を開けてから文献に向かう。

卒論のときは徹夜に近いことを何度もしたが、いまは昼間、地図資料館の番やイベントの仕事もあるからそういうわけにもいかない。深夜まで作業を続けることはあるが、夜が明ける前には就寝しているので、いたって健康的な日々である。

そうして休日も関係なく執筆を続けていたが、ある日突然外に出たくなった。いろいろ見通しが立って一段落ついたというのもあるが、日常の買い物に行く以外ずっとこもりきりだったので、さすがに飽きてしまったのだ。

とにかく外に出て、論文を書く以外のことをしたい。今日は地図資料館も休みだ。来週からは大学もはじまるし、月光荘のイベントの予定もいくつかはいっている。今日を逃したらまたしばらく出られない。

窓の外を見ると、空もすばらしく晴れていた。せっかくだから遠出してみようか、と思った。

遠出か。どこに行こう。

——ウミ！

月光荘の声が頭によみがえった。どこに行きたいか訊いたとき、そう言ってたっけ。

海。

広い海の像が浮かび、それもいいな、と思った。この天気なら海も青いだろう。

どうせ行くなら、鎌倉（かまくら）にしようか。

漱石（そうせき）の『こころ』の冒頭で「私」が「先生」に出会った海水浴場が由比ヶ浜（ゆいがはま）のあたりだ

と思い出したのだ。

文学作品と土地の関係が木谷先生の専門だから、ゼミでもよく野外調査をおこなう。たいていは都内だが、夏休みには遠出もする。去年はそれで鎌倉に行ったのだ。最初に鎌倉文学館に行ったあと、一泊二日で周辺の史跡をいくつもまわった。鎌倉は文士がたくさん住んでいた土地だから、見るものはたくさんあった。

漱石は鎌倉に住んでいたわけではないが、生涯に何度も鎌倉を訪れている。円覚寺（えんがくじ）に参禅した体験が『門』や『夢十夜（ゆめじゅうや）』に登場するというのは有名な話だが、由比ヶ浜近くの材木座（ざいもくざ）にも何度も避暑のために訪れている。

『こころ』が書かれたのは大正三年。第一次世界大戦がはじまった年で、漱石の亡くなる二年前、四十七歳のときである。漱石はこの年にも材木座に滞在している。そんな話を去年の木谷ゼミの遠足のときに耳にしたのだった。

僕が鎌倉を訪れたのはそれが最初で最後である。はじめに訪れた鎌倉文学館の二階の窓からすばらしく青い海が見えて、行ってみたいな、と思った。だが結局スケジュールの都合で海に出ることはかなわなかったのだ。

あのとき行けなかった海が胸のなかにちらついた。今回の論文は『硝子戸の中（ガラスどのうち）』が中心だから、鎌倉でのできごとに触れることはないだろうけど、漱石がからんでいれば修論をサボる言い訳になる気もした。

カバンに月光荘のプレートを取りつけ、家を出た。出かけようと決めたときにはもう十時を過ぎており、さらにそこから遠足のときの資料を探したりしていたので、家を出たときにはもう昼近かった。

川越駅まで歩き、電車に乗る。ちょうど横浜方面に行く特急に乗れた。このまま横浜まで直通で行くことができる。座席につくと、カバンからゼミ遠足の資料を出し、ぱらぱらとめくった。

皇族、華族や富裕層向けの結核療養所として、由比ヶ浜に鎌倉海浜院（かいひんいん）が開かれたのは明治二十年のこと。当時は「海浜保養」がブームで、鉄道が開通したことも手伝って、由比ヶ浜あたりには富裕層の別荘がいくつも建った。

海水浴というのも、いまは海で泳いだり浜辺で遊んだり、というイメージだが、明治期に医療行為として導入されたもので、温泉の湯治（とうじ）のような意味合いが強かったらしい。

廃仏毀釈（はいぶつきしゃく）の影響でさびれていた鎌倉は保養地としてにぎわうようになる。『こころ』の海水浴の場面にはホテルの裏口が登場する。これが海浜院を改築した鎌倉海浜ホテルで、「湘南（しょうなん）の帝国ホテル」と称されていたらしい。

明治三十年、妻が流産したあと、漱石は材木座の別荘を借り、一ヶ月滞在している。その後江ノ電が開通し、しだいに夏は鎌倉で過ごすようになった、と資料に書かれていた。漱石は鎌倉の住人ではないから、ゼミの遠足の資料のなかでの扱いは小さく、すぐに読み終わってしまった。それで、いっしょにカバンに入れてきた『こころ』の文庫本を取り出し、ぱらぱらめくりはじめた。

私は毎日海へはいりに出掛けた。古い燻ぶり返った藁葺の間を通り抜けて磯へ下りると、この辺にこれほどの都会人種が住んでいるかと思うほど、避暑に来た男や女で砂の上が動いていた。ある時は海の中が銭湯のように黒い頭でごちゃごちゃしている事もあった。その中に知った人を一人ももたない私も、こういう賑やかな景色の中に裹まれて、砂の上に寝そべってみたり、膝頭を波に打たしてそこいらを跳ね廻るのは愉快であった。

私は実に先生をこの雑沓の間に見付け出したのである。その時海岸には掛茶屋が二軒あった。私はふとした機会からその一軒の方に行き慣れていた。長谷辺に大きな別荘を構えている人と違って、各自に専有の着換場を拵えていないここいらの避暑客には、ぜひともこうした共同着換所といった風なものが必要なのであった。彼らはここで茶を飲み、ここで休息する外に、ここで海水着を洗濯させたり、ここで鹹はゆい身体を清めたり、ここへ帽子や傘を預けたりするのである。海水着を持たない私にも持物を盗まれる恐れはあったので、私は海へはいるたびにその茶屋へ一切を脱ぎ棄てる事にしていた。

「一」の終わりに、そんなふうに書かれている。何度も読み返した『こころ』であるが、夏、こうして鎌倉に向かう電車のなかで読むと、潮の匂いがひたひたと押し寄せてくるようで、いつもとはちがった感慨があった。

由比ヶ浜にはこのような掛茶屋というものがあったのか。海の家のようなものだろうか。といって、僕自身は海水浴などほとんど行ったことがない。

風間の家を出るときに持ってきたアルバムのなかに一枚だけ海の写真があったから、幼いころに父と母といっしょに行ったことがあるのだとは思う。だが、悲しいことになにひとつ記憶がない。

父が撮ったもののようで、写っているのは母と僕だけ。僕はまだ小さく、三歳くらい。母は麦わら帽子の影で顔の上半分はほとんど真っ黒。しかもかなりぼんやりしていた。

遠野の祖父母の家は木更津で、海もそう遠くなかった。だが、祖父母は年老いていたし、学校の友だちもあまりできず、夏場も日々塾通いだったから、海水浴などというものには縁がなかったのだ。

本を読み進めると、先生と私が海で泳ぐ場面が出てくる。

> 次の日私は先生の後につづいて海へ飛び込んだ。そうして先生といっしょの方角に泳いで行った。二丁ほど沖へ出ると、先生は後ろを振り返って私に話し掛けた。広い蒼い海の表面に浮いているものは、その近所に私ら二人より外になかった。そうして強い太陽の光が、眼の届く限り水と山とを照らしていた。私は自由と歓喜に充ちた筋肉を動かして海の中で躍り狂った。先生はまたぱたりと手足の運動を已めて仰向けになったまま浪の上に寝た。私もその真似をした。青空の色がぎらぎらと眼を射るように痛烈な色を私の顔に投げ付けた。「愉快ですね」と私は大きな声を出した。
>
> しばらくして海の中で起き上がるように姿勢を改めた先生は、「もう帰りませんか」といって私を促した。比較的強い体質をもった私は、もっと海の中で遊んでいたかった。しかし先生から誘われた時、私はすぐ「ええ帰りましょう」と快く答えた。そうして二人でまた元の路を浜辺へ引き返した。

一丁はおよそ一〇九メートル。つまり、沖に向かって二百メートルほど泳いだ、ということだろうか。その後の描写にも生命力と躍動感が感じられ、けっこう泳ぎが達者なのだな、とも思った。

ここに描かれている「私」は漱石ではないし、「先生」も架空の存在である。だが、これを書いた漱石の呼吸が伝わってくるようで、かつて漱石という人間がほんとうに生きていたんだなあ、と強く感じた。

『こころ』というと、どうしても三部のうちの下にあたる「先生と遺書」の印象が強いのだが、こうして読み返してみると、冒頭のこの海水浴の生命力のみなぎる描写になにか大切なものがこめられている気がする。

生きているふたりの姿がありありと描かれ、ふたりのあいだの距離がはっきりと記されているような気がした。

横浜で湘南新宿ラインに乗り換え、さらに横須賀線に乗り継いで鎌倉へ。山がちなせいか、川越のあたりとはまったくちがう。その景観が楽しくて、扉の横に立ってずっと外を見ていた。

鎌倉は谷戸に包まれた土地なのだ。漱石が参禅した円覚寺がある北鎌倉のあたりに来ると、山に抱かれた土地という印象が強まってくる。緑に覆われ、その合間合間に建つ家々にも風情がある。それにどこかものさびしくも見える。

いまの世の中ではさびしいという言葉にはよくないイメージばかりがあるけれど、この風景を見ていると、さびしさを味わいながら生きていくことこそが、豊かなことなのではないかと思えてくる。

鎌倉の駅に着くと、掲示板や改札はふつうのJRの駅と変わらないのに、やはりここはふつうの場所ではない、と思った。外の風景も駅に漂う空気も、むかしからの観光地としての風格がある。

最近は川越も立派な観光地と称されるが、やはり鎌倉は規模も大きく、別格なのだろう。二回目ではあるが、時が経っていることもあって記憶があいまいになっており、なにを見てもものめずらしい。

慣れない場所にいるというのは、身体が風景から浮きあがっているようで、落ち着かない。不安なような、わくわくするような、不思議な心持ちだ。

——旅はひとりがいい。ひとりであたらしい場所に行くと、感覚が研ぎ澄まされる。

むかし、父がそんなことを言っていたなあ、と思い出した。たぶん、ふたりで風呂にはいっていたときだ。父は大きな声で「海」を歌い、若いころにめぐったいろいろな国の話をした。

下手したら帰れなくなるかもしれないという緊張がいい、とか、第六感みたいなものが敏感になる、とか、知らないものの気配を身体で感じ取ろうとするとき、生きてる感じがする、というようなことを言っていた。

なんだかわかる気がした。ここは海外でもなく、川越から電車で二時間ほどの場所である。だが、しばらく外に出ていなかったこともあり、身体じゅうの神経が粒立っている。そういえばはじめて川越を訪れたときもこんな感じだった。いまはもうすっかり慣れてしまったけれど。

江ノ電のホームに行くと、ほどなく電車がやってきた。四両しかない短い電車。床は木造である。ふだん見慣れた世界とはちがうところにやってきた気がして、胸が高鳴った。

線路もふつうの電車とはまるでちがう。くねくねと曲がり、家と家の狭い隙間(すきま)をすり抜けていく。次から次へあらわれる家には人が暮らしている気配があり、いつまでも外をながめていたくなるが、由比ヶ浜までは二駅で、すぐに着いてしまった。

電車を降り、まずは鎌倉文学館の看板にしたがって、踏切を渡った。前回も同じ道を歩いたはずだが、あまりはっきり覚えていない。だが、こっちでいいはずだ。

あのころは子どもだったから、父の言葉の意味がよくわかっていなかった。歩きながらそう思った。子どもはそもそもその第六感みたいなものが大人よりずっと強い。野性と言ってもいいかもしれない。いつだって神経をフルに使って生きている。

それが大人になるとだんだん鈍ってくる。その力を使わなくても、習慣にしたがっているだけで平生は支障なく生きていける。だが旅に出るとそうはいかない。習慣に頼れなくなる。きっと父はその緊張感が好きだったんだろう。

そういえば、ぼんやり生きている人間は死んでいるのと同じだ、みたいなこともよく言っていた気がする。会社で働くのはいいが、魂まで会社に預けてしまったら生きている意味がない、とも言っていた。

――大工はいいんだ。いつだって自分の手先が頼りだし、危険な瞬間もある。身体の感覚を研ぎ澄ましてないといけないからね。

そんなことも言っていた。いま思うと、僕とは全然似ていない、冒険好きの豪快な人だった。だから風間の祖父にも気に入られたのだろう。

父も母も、事故であっけなく死んだ。そのときから僕は世界というものが信じられない。ゆるがないと思っていたものが、一瞬で崩れてしまうことがある。

おかしい。木工をしてから、妙に父のことを思い出す。これまで思い出さなかった父の言葉の欠片が浮かんでくる。立ち止まり、月光荘のプレートを指先でなでた。

鎌倉文学館入口という信号を渡り、小道にはいった。ここのことは覚えている。となりにたい焼き屋さんがあり、べんてんちゃんが、あれ食べたい、と言っていた。

ゆるやかな坂道をのぼっていく。しばらく行くと、ざざざーっという葉擦(はず)れの音が聞こえ、鎌倉文学館の看板が立っていた。右手にゆるくカーブした石畳の道が続いていた。見事な並木と木漏れ日に、思わず足が止まる。

見あげると文学館の背後の山が見え、トンビが空高く何羽も飛んでいる。その姿を見たとき、横須賀線から景色を見ていたときに感じたさびしさのようなものをまた強く感じた。このさびしさは山のせいなのだろうか。そういえば川越にはこういう山がない。

木漏れ日の下、石畳の坂道をのぼると文学館の門があった。入館料を支払い、さらに坂をのぼる。切り通しの道の小さなトンネルをくぐると、文学館の建物が見えてきた。

あちこちにステンドグラスの窓が嵌(は)められた木造の洋館で、ゼミの資料によれば、文学館はむかしは旧前田(まえだ)侯爵家の別邸だったようだ。

なかにはいるとそこは二階である。深い色の木の柱、あちこちに嵌められたステンドグラス。展示室にはいると、窓の向こうに青い海が見えた。

ああ、この海だ。前に来たとき、この窓から海を見たんだ。青く、きらきらかがやいていて、気持ちがぱあっと広がった。

文学館のなかには、鎌倉に住んでいた作家たちの直筆原稿がいくつも展示されていた。

いまはパソコンで書く作家がほとんどだろうし、こうしたものもなくなってきているのだろうが、やはりいい。筆跡から作家の息遣いを感じることができる。書かれた土地で見ているからだろうか、いっそう作家のさびしさのようなものが伝わってきた。

文士というのは、山がちな土地が好きなのかもしれない。ゼミで訪れた大田(おおた)区の馬込(まごめ)文士村も、北(きた)区の田端(たばた)文士村も坂の多い土地だった。見通しの悪い土地でひとりひとり巣穴にこもるようにして暮らし、だが近い場所に集まっている。

鎌倉は、山と海に囲まれている。山のしんしんとしたさびしさに包まれながら、もう片方からは広大な海が迫ってくる。荒れた日はもちろんおそろしいが、晴れた日の凪(な)いだ海の広さもおそろしい。

うつくしい土地だが、そのうつくしさはさびしさとおそろしさの両方をはらんでいる。ここに暮らすことはさびしく、豊かなことなのだろうと思った。

6

文学館の庭を歩いてから、海に向かうことにした。先ほどの文学館前の信号を渡る。このまま進んでいけば、どの道からでも海に出られるはずだ。牛乳屋の看板の出た建物の横の細い路地にはいり、そのまま進む。

しばらく行くと踏切があり、渡ると道幅が広がった。このあたりの家はどれもみな敷地が広い。立派な庭があり、建物は古いものもあたらしいものもあるがどれも凝った意匠で、お屋敷街だな、と思った。

明治時代の富裕層の別荘地だったころの名残、いや、いまも別荘として使っている人が多いのかもしれない。しずかで、繁華街などはないが、歩いてすぐに海に出られる。

広い家々をながめていると、この先自分が生きていけるのか心細くなってくる。自分は生涯こんな家を持てないだろう。その上、帰る家もない。

卒業したあとも月光荘にかかわると決めたが、いつまでも島田さんや木谷先生の厚意に甘えているわけにもいかない。それに自分に家族ができるようなことがあれば、いずれは別の住まいに移らなければならない。

そんなふうに生きていけるのだろうか。家族を持つのはずっと先のことだろうけど、そもそも自分に家族を持つことなどできるのか。一瞬にして崩れてしまうことがあると知っているからだろうか、家族を持つことがこわい。

そういえば、豆の家の佐久間さんには、父親が失踪してしまった過去があったのだ。だから自分は結婚できないと思いこんでいた。いまは藤村さんと店を営むようになり、近く籍を入れるだろうと言っていた。

愛菜さんも、自分は一生結婚できない、と言っていた。僕と祖父のあいだがらや、安西さん、愛菜さんの家のことを思い出しても、家族というものはむずかしい、と感じる。断ち切らなければならないと思っても、根を断つことができなかったりもする。

いや、僕の場合、家庭うんぬんより先に、自分の身を立てることを考えなくてはならないんじゃないか。この道でほんとうにいいのか。

いま父と母に話したら、月光荘で働くことをどう言うだろう。賛成するだろうか。

父と母に会いたい。久しぶりにそう思った。

道路を渡り、海に出た。

文学館から見たときほど青くはなかった。角度の問題なのだろう。波の光で全体が白くかがやいている。

夏休みが終わっているので、もう海水浴客の姿はない。ウィンドサーフィンというのだろうか、蝶(ちょう)の翅(はね)のようなものがいくつか波を切っているだけ。

砂浜におり、海に向かって歩いた。歩きはじめてすぐ、スニーカーで来たことを後悔した。砂が靴のなかにはいってくる。といって、ビーチサンダルなんて気の利いたものはそもそも持っていない。

はじめはそろそろと砂がはいらないように歩いていたが、途中であきらめて靴も靴下も脱いだ。ズボンの裾もまくりあげた。もう砂のことも、濡れることも気にしなくていい。気持ちが楽になり、足取りも軽くなった。

砂を踏むのは気持ちがよかった。ざらざらして、踏むとじわっと沈む感触。それが楽しくてやみくもに歩きまわり、波打ち際に近づいて海水に足を浸したりした。

薄いレースのような水の膜が寄せて、引いていく。その向こうにときおりウィンドサーフィンの蝶の帆がゆれた。波は砕けると白く、泡のようになる。それをぼんやりながめながら、波打ち際を歩いた。

材木座に向かって、浜辺をただひたすらに歩いた。海水浴客はいないが、地元の人だろうか、犬を散歩させる女性や、散歩する老夫婦、大学生らしいグループとすれちがったり、追い越されたりした。

波の音を聞いているとどこまでも歩いていける気がした。浜辺を歩くのに理由はいらない。僕のように歩きながらすぐに物思いに沈んでいくようなタイプでなくても、浜辺に来れば波打ち際をただただ歩いてしまうものなのかもしれない。

山の上には、トンビが飛んで、ときどきピーヒョロロという鳴き声が聞こえた。

孤独で、解き放たれていた。
父が求めていたのは、こういう瞬間だったのかもしれない。

海は広いな　大きいな
月はのぼるし　日が沈む

自然と小さく口ずさんでいた。いっしょにお風呂にはいったとき、父とよくいっしょに歌っていた。

海は大波　青い波
ゆれてどこまで続くやら
海にお舟を浮かばせて
行ってみたいな　よその国

そういえば月光荘も……。月光荘に住むようになって、ときどき月光荘といっしょに歌うことがあった。そのときは月光荘がすぐとなりにいるような気がした。家というより、なにか人のようなものとしてとなりに座って、いっしょに歌っているような。

――どこに行きたい？

――ウミ！

月光荘の言葉を思い出して、プレートをカバンから外した。

「海に来たよ」

小さな月光荘に話しかける。

「これが海だよ」

そう言って、海のほうにプレートをかざした。プレートの上の丸い穴から海をのぞく。

「大きいだろう？　広いだろう？」

プレートを横に動かし、海の全体を見渡していく。

「波の音がするだろう？　潮の匂いがするだろう？」

波打ち際まで行って、波に近づけた。

「これが砂浜だよ。砂がずうっと広がっていて……」

そう言って、浜をふりかえる。

はっとした。

砂浜に家族がいた。おかしいな、さっきまであそこにはだれもいなかったのに。

男の子と父親は、砂でなにか作っている。

お城だ。砂の城。

その形になぜか見覚えがあり、じっと見ると麦わら帽子の女性の水着も見たことがあるもののような気がした。

あれは……母さん？

思わず立ち尽くす。

花柄の水着に麦わら帽子の母。写真と同じだ。その横に、がっしりとした体格で、日に焼けた父と、三歳くらいの僕。いっしょに砂の城を作っている。

プレートの丸い穴から目が離せなくなる。プレートを外したら、その光景は消えてしまう。なぜかそうわかっていた。

父と僕は海の歌を口ずさんでいた。僕は小さな手で砂を必死にかきあつめ、城の壁に積みあげる。父がそれをしっかり固める。父が大工だったからだろうか、親子で作る砂の城にしては妙に立派で、建物らしい形をしていた。

——こんなお城に住みたい。

小さい僕が立ちあがり、そう言った。

——城？　父さんは城より船がほしいなあ。大きな船でさ、家族で貸切で、それに乗ってみんなで遠い国に行くんだ。

父が笑った。

——島もいいわね。離れ小島をひとつ買って、そこに家を建てる。小さくていいよ、島が全部おうちだから。

母が言った。

船と島。そうだ、たしかにあのときそんな話をした。

もうなにも忘れたくない。その光景を目に焼きつけ、声を耳に刻みたかった。

自分にもこんな家があったんだ。たとえいまは手が届かないものであっても、かつてはそういう家があり、その家の灯は、いまも消えてない。

そう思ったとたん、身体が崩れ、砂に膝をついてしまった。

目から涙が流れ、それをぬぐおうとして、プレートの穴から目がそれた。

向こうにはだれもいなかった。

もう一度プレートの穴をのぞいたが、もうだれもいない浜しか見えない。

消えてしまった。

呆然と砂に腰をおろす。

海の方を向き、波の音を聞いた。そのまましばらくじっと海を見ていた。まだまだ教わりたいことがたくさんあった。いまはとくに。これからどうやって生きていけばいいのか、自分の考えを父と母に話し、どう思うか訊いてみたかった。

遠野の祖父が信じていたような、大企業にはいれば安心、という時代は過ぎ去ったように思う。大きなところにはいって、努力して働き、上に尽くせば報われる。地位があがり、給料があがり、家族を作り、家を買って、老後も安泰。

祖父はそういう人生を信じ、ずっとそういう世の中が続くと思っていたんだろう。父はそうやって生きることをきらった。

どちらが正しいということはない。結局自分で決めることだ。

月光荘で働く。島田さんも言っていたが、将来の保証はない。でも、それが僕のやりたいことだ。僕にとって意味のある生き方だ。だから、その道を行く。

いいよね、父さん、母さん。

答えはなく、波の音だけが響いている。西側の岬に日が落ちていく。

僕にはなにもないと思っていた。だけど、父母はいた。祖父母もいた。そうやって僕は生まれ、いろんなものを受け取って、いま生きている。

カバンのなかでスマホが鳴った。メッセージの着信音だった。カバンからスマホを出し、画面を見るとべんてんちゃんからだった。

――いま浮草にいて、これから安西先輩や豊島(とよしま)先輩とごはん食べよう、って話になったんですけど、いっしょにどうですか？

べんてんちゃんの元気な口調が聞こえてくるようで、いきなり現実に引き戻されたみたいだった。

――楽しそうだね。行きたいけど、今日はダメなんだ。ちょっと遠出をして、まだ出先だから。

――遠出？　どこにいるんですか？

――鎌倉。

――ええ〜〜〜！！！　鎌倉？？？　いいなあ。なんで鎌倉に？

――いや、ちょっと……。修論のための調査で……。

――なんで言ってくれなかったんですか？　わたし、今日暇だったのに。

べんてんちゃんはあいかわらずだなあ、と笑いそうになる。

そういえば、べんてんちゃんはゼミの遠足でいたく鎌倉を気に入っていた。それで去年の大学祭のゼミの文学喫茶は鎌倉になったのだ。

大学祭で、僕はなぜかべんてんちゃんに駆り出され、芥川龍之介(あくたがわりゅうのすけ)のコスプレをさせられて、木谷先生は自主的に澁澤龍彦の格好をしてきて……。そこに田辺や石野もやってきて、笠原先輩とはじめて会ったのもあのときだった。

――今朝、急に決めたんだよ。調査って言っても、そんなに時間がかかることじゃないし、さっと行ってこようと思って。用事もすんだからもう帰ろうと思ってたとこ。

――そうなんですか……。でもいいなあ。わたしもまた鎌倉行きたいです。

――そうだね、じゃあ、今度またみんなで来よう。

べんてんちゃんがあまりに残念そうだったので、申し訳ない気がしてそう書いた。でも送信してから、みんなで来たら楽しいかもしれないな、とちょっと思った。

鎌倉にはさびしさがある。さびしい人たちが集っている。さびしいから集っている。

――そうですね。行きましょう！　行きたいとこ、たくさんあるんですよ。あ、安西先輩と豊島先輩も行きたいそうです。

――わかったよ。修論が一段落ついたら、みんなで来よう。

田辺たちも誘うか。みんなであちこちめぐって、おいしいものを食べて。この海をみんなで見て……。

――わかりました！

べんてんちゃんの元気な声が聞こえたような気がした。

スマホをカバンにしまって立ちあがり、砂を払う。

「帰るか」

声に出してつぶやいた。日が落ちて、暗くなりはじめている。

「そうだ、月光荘にお土産を持っていかないとな」

波の音を聞きながら、波打ち際で貝殻を拾った。きれいな二枚貝と小さな巻貝をノートの切れ端に包み、由比ヶ浜の駅に戻った。

7

月光荘に戻ってきたときには、もう九時をまわっていた。

「ただいま」

靴を脱ぎながらそう言った。

「タダイマ」

すぐに月光荘の声がした。

「ちがうよ、僕が帰ってきたんだから、おかえり、だろう?」

まちがいを正す。

「チガウ。ボクモ、イッテタ」

すぐに月光荘が言いかえしてきた。

ボクモ、イッテタ？

そういえば、前にもこういうやりとりをしたことがあった。正月のことだ。

四日、僕が外から帰ってきたとき、タダイマ、という月光荘の声がした。僕が帰ってきたんだから、オカエリだろう、と正すと、自分も出かけていた、と言った。そうして、正月には家は特別な場所に行って人になり、みんなで集まっているという話を聞いたのだ。

「お正月の世界に行ってたの？」

「チガウ。ウミニ、イッタ」

「海に？」

なにを言っているかわからなかった。

「モリヒトト、イッショ」

僕といっしょ？　僕といっしょに海に行ったということ？　思わずカバンにつけた月光荘のプレートを見た。

今日出かけるとき、月光荘にはなにも言わなかった。月光荘は昼間はしゃべらないことが多く、今朝もしずかだった。だからとくになにも言わずに家を出たのだ。僕が海に向かったことは知らないはず。

「ウミ、ヒロイ、アオイ、ヒカッテル」

月光荘はうれしそうに言った。その声で、鎌倉文学館から見た青い海が目の前にぱあっと広がった。

「オオキイトリ、トンデタ」

大きな鳥？　トンビのことか。たしかに山の上にはトンビが何羽も飛んでいた。

「ピーヒョロロ」

月光荘が鳴き声を真似る。これはトンビの声だ。今日何度も聞いた。

「ウゴク、ハコ。デモ、ネテシマッタ」

動く箱……？　電車のことか？　電車に乗って、寝てしまった、ということか？

となると、もしかしてこのプレートが？　月光荘はこのプレートを自分だと思っていた。

だからプレートのなかにはいって、いっしょについてきた、ということ？　月光荘の心？

いや、魂だろうか、そういうものがプレートに乗り移り、移動した？

「デモ、ウミ、ミタ。ヨカッタ」

月光荘の声は満足そうだ。

「そうか。よかった」

わからないなりに、僕はうなずいた。

「ウミ、ナミ、キレイダッタ。オオキイ、チョウチョ、ウカンデタ」

ああ、ウィンドサーフィンのことか。そんなものまで見えていたなら、ほんとうにいっしょに行ったのかもしれないな。

「アト、コドモ」

「子ども？」

子どもは……いただろうか？　犬を散歩させる女性、老夫婦、カップル、大学生のグループ……。だが子どもを見た覚えはない。僕が見ていなかったところにいたのか。

「スナデ、イエ、ツクッテタ」

「え？」

言葉を失った。

その子どもとは、もしかしてあの穴から見た過去の僕？

「子どもって、お父さんとお母さんといっしょだった？」

「ソウ。オカアサン、ボウシ」

麦わら帽子をかぶった母。目元に見覚えのあるホクロがあった。

あの光景を月光荘も見ていた、ということなのか？　カバンについたプレートを見る。

あの光景は、プレートの月光荘の丸窓から見たものだった。だから、もしかしたら月光荘もいっしょに……。

「あのさ、月光荘。その子は、僕なんだ」

思い切って、言ってみた。

「チガウ。チイサイ、コドモ」

月光荘は認めなかった。

「そう、小さい子どもだった。でも、僕なんだ。むかしの僕」

「ムカシノ……?」

月光荘はよくわからない、というような口調になる。

「そうだ、ちょっと待ってて」

僕は押入れの中から例のアルバムを探した。風間の家から持ってきた、子どものころのアルバムだ。写真はそう多くない。僕が生まれたときから三歳くらいまでの写真がすべて一冊におさまっている。父も母もそんなに写真を撮る習慣がなかったのだろう。

「これが生まれたばかりのころの僕」

アルバムを開き、古い写真を見ながら月光荘に説明する。おくるみに包まれ、母に抱かれている。背景は神社だ。どこの神社かはわからないが、初宮参りだろうか。父に抱かれた写真もならんでいる。

「コノヒトタチ、ウミニイタ」

父と母のことだろう。

「そう、これが僕の父さんと母さん」

「トウサン、カアサン」

月光荘がくりかえす。

「チイサイノガ、モリヒト？」

「そうだよ。まだ赤ちゃんだね」

「アカチャン」

月光荘がつぶやいた。

ページをめくると、僕がひとりで写っているものもならんでいた。まだ小さすぎてもちろん記憶はない。だが、いっしょに写っている部屋には見覚えがある。子どものころ住んでいた家と、風間の祖父母の家。

祖父や祖母の写真もある。庭で遊んでいる僕の姿もあった。旅先の写真もいくつか。

風間の家から出るとき、祖母が荷物に入れてくれたものの、このアルバムを開いたことはあまりない。見ると辛（つら）くなりそうで、押入れの奥にしまっていた。だが、捨てることはできず、月光荘に越してくるときも、そのまま持ってきた。

ずっと開くのが怖かった。だがいまはそうでもない。月光荘がいっしょに見てくれているからだろうか、おだやかな気持ちでページをめくることができた。

最後の方に、例の海の写真があった。

――こんなお城に住みたい。

――城？　父さんは城より船がほしいなあ。大きな船でさ、家族で貸切で、それに乗ってみんなで遠い国に行くんだ。

――島もいいわね。離れ小島をひとつ買って、そこに家を建てる。小さくていいよ、島が全部おうちだから。

「ジャア、コレガ、モリヒト？」

「そうだよ。さっき浜にいたのと同じだろう？　どうしてそんなものが見えたのか、僕もわからない。けど、月光荘も同じものを見てたんだね。なんだかちょっと……」

なんと言ったらいいかちょっと迷って、少し止まった。

「すごくうれしかった」

「ウレシカッタ？」

月光荘が訊いてくる。

「うん。ひとりじゃなくて、よかった、って」

「ヨカッタ」

月光荘が言った。

僕の言葉をくりかえしたのか、それとも月光荘自身が思ったことなのか。

「コレガ、モリヒト。コドモノ、モリヒト」

その声を聞いたとき、あれっ、と思った。

子どもの守人。人は成長する。見た目が変わる。

そうか。もしかして……。

月光荘が建ったのは、戦後しばらく経ってから。焼け出されて川越に来た家族が建てたのだから、終戦後数年は経っていただろう。修理はそれからさらに何年か経ってからだろう。守章が所沢に移る前だから、昭和二十年代後半だろうか。

だとしたら……。

遠山邸は昭和十一年竣工。喜代さんの家も戦前の築だった。つまり、遠山邸や喜代さんの家の建築から、月光荘が守章に診てもらうまで二十年近く経っている、ということだ。

守章の正確な生年は覚えていない。でも、たしか風間の祖父は昭和八年生まれで、上にふたり兄がいたはず。となると、昭和十一年の時点で守章は三十を超えていただろう。

それから二十年近く経ったとなると、月光荘が守章に診てもらったときには守章は五十を超えていたんじゃないか。いまの僕と三十代の守章は、見ちがえるくらい似ているかもしれないが、五十となるとずいぶん変わっているだろう。

「なあ、月光荘」

「ナニ？」

「前に、風間守章になおしてもらったことがある、って言ってたよね。守章って、もしかして、おじいさんだった？」

「ソウ。オジイサン。ヒゲ、タクサン」

髭、たくさん。その言葉に思わず笑いそうになる。そのころの守章は髭ぼうぼうだったのか。それじゃあ、顔もわからないよなあ。

「そうだったのか。守章が僕のひいおじいさんだった、って言ったよね。つまり」

アルバムの前のページに戻り、祖父の写真を指す。

「この人の、お父さん」

「ソウナノ？」

月光荘が不思議そうに言った。

「そう。僕は守章に似てるんだってさ。僕は子どものころからよくそう言われてたんだ」

「ジャア、モリヒトモ、オジイサンニナル？」

「ああ、なるよ、いつかはね。髭を生やすかは、わからないけど」

僕は笑った。

人は、生まれて、成長して、老いて、死ぬ。姿が少しずつ変わっていく。僕が老いても、月光荘はいまの形のままここにあるのだろうか。

「そうだ、お土産もあったんだっけ」

「シッテル」

月光荘が答える。見ていたのだから仕方ない。カバンのなかから貝殻を包んだ紙を取り出し、開く。

「これは、貝殻。貝っていう生きものの……家なんだ」

殻という言葉をうまく説明できず、僕はそう言った。

「イエ？」

「そう。前はここに貝っていう生きものが住んでた。貝が死んだあと、残ったものだよ」

二枚貝と巻貝。ふたつを机の上に置いた。

「そうだ、そういえば、雛(ひな)祭りのときに貝合わせをしたね」

あれははまぐりだった。二軒家のお雛さまを展示したとき、貝合わせの大会も開いたのだ。あのときは貝殻がなにかまで、きちんと説明していなかった。

「海にはほかにもいろんな生きものが住んでるんだよ。魚とか……」

「サカナ」

月光荘がつぶやく。

「ウミ、モット、ミタイ」

月光荘が言った。

「そうだなあ。今日は少ししかいられなかったからね。ほんとは海にはいったり、砂でなにか作ったり、貝を拾ったり。いろいろ遊べるんだよ。べんてんちゃんたちも、海に行きたいって言ってた。だから、また行こう」

これは知ったかぶりだ。ほんとうは海水浴なんてほとんど行ったことがない。遊び方も知らない。ただ先輩風を吹かせただけ。

「ホント?」

月光荘がうれしそうに言う。

「ほんとだよ」

ウーミハ　ヒロイナ　オーキイナー

月光荘の歌声が聞こえた。

月はのぼるし　日が沈む

僕も声を合わせる。目の前に昼間見た青い海が広がり、波の音がした。

海は大波　青い波
ゆれてどこまで続くやら

海にお舟を浮かばせて
行ってみたいな　よその国

アルバムのなかの海の写真を見つめながら、あの浜のことを思い出していた。

引用出典

夏目漱石『硝子戸の中』（ワイド版岩波文庫２９７、二〇〇八年）
柳田國男「遠野物語」（『柳田國男全集４』ちくま文庫、一九八九年）
柳田國男「巫女考」（『柳田國男全集11』ちくま文庫、一九九〇年）
小川未明『小川未明童話集』（ハルキ文庫、二〇一三年）
夏目漱石『こころ』（集英社文庫、一九九一年）

本文カット／丹地陽子
本文デザイン／五十嵐徹
（芦澤泰偉事務所）

本書は、ハルキ文庫のための書き下ろし作品です。

ほ 5-4

菓子屋横丁月光荘(かしやよこちょうげっこうそう) 丸窓(まるまど)

著者　ほしおさなえ

2021年6月18日第一刷発行

発行者　角川春樹

発行所　株式会社角川春樹事務所
〒102-0074 東京都千代田区九段南2-1-30 イタリア文化会館

電話　03(3263)5247(編集)
03(3263)5881(営業)

印刷・製本　中央精版印刷株式会社

フォーマット・デザイン　芦澤泰偉
表紙イラストレーション　門坂 流

ISBN978-4-7584-4413-2 C0193 ©2021 Hoshio Sanae Printed in Japan
http://www.kadokawaharuki.co.jp/ [営業]
fanmail@kadokawaharuki.co.jp [編集]　ご意見・ご感想をお寄せください。

JASRAC 出 2104301-101